典耀中华

中国文学大奖获奖作家作品集

雪山芭蕾

刘笑伟 著

主编 王子君

副主编 沈俊峰 陈晨

北京时代华文书局

图书在版编目（CIP）数据

雪山芭蕾 / 刘笑伟著 . -- 北京 : 北京时代华文书局 , 2025. 6. -- (中国文学大奖获奖作家作品集 / 王子君主编). -- ISBN 978-7-5699-5895-9

Ⅰ . I267

中国国家版本馆 CIP 数据核字第 20257MJ544 号

XUESHAN BALEI

出 版 人：陈　涛
项目统筹：张彦翔
责任编辑：王　婷
装帧设计：李　超
责任印制：刘　银

出版发行：北京时代华文书局 http://www.bjsdsj.com.cn
　　　　　北京市东城区安定门外大街 138 号皇城国际大厦 A 座 8 层
　　　　　邮编：100011　电话：010-64263661　64261528

印　　刷：三河市人民印务有限公司
开　　本：710 mm×1000 mm　1/16　　　　成品尺寸：155 mm×220 mm
印　　张：13　　　　　　　　　　　　　　字　　数：181 千字
版　　次：2025 年 6 月第 1 版　　　　　　印　　次：2025 年 6 月第 1 次印刷
定　　价：69.00 元

出版说明

20世纪八九十年代，茅盾文学奖、鲁迅文学奖、老舍文学奖相继设立，一批批优秀的文学作品通过评奖活动为广大读者所熟知、追捧，在社会上引起强烈的反响，并得以跨越时空流传。这说明，文学的繁荣不仅需要国家政策的大力支持，更需要社会力量的广泛参与。进入21世纪，随着文学创作队伍不断扩容、优秀作品不断涌现、阅读热潮不断兴起，设立的文学奖项也越来越多。虽然多得有令人眼花缭乱之感，但不可否认的是，其中不少奖项已产生了巨大的社会效益，不少优秀作品、优秀作家脱颖而出，这对于中国文学事业的蓬勃发展起到了促进的作用。

2023年春，教育部等八部门印发《全国青少年学生读书行动实施方案》。随后，122家国家语言文字推广基地共同发出"典耀中华"主题读书行动倡议。多家具有文化情怀的出版社和出版机构立即响应，相继推出各种适合青少年阅读的图书。就是在这种背景下，"中国文学大奖获奖作家作品集"书系（以下简称"获奖书系"）应运而生。

获奖书系由北京世图文轩文化发展有限公司（以下简称"世图文轩"）策划、北京时代华文书局有限公司（以下简称"时代书局"）出版。我非常荣幸地受邀担任主编。

世图文轩成立于2010年，系在北京市乃至全国较有影响力的图书发行公司之一，曾获得"重合同守信用企业""诚信经营示范单位"等荣誉称号。长期以来，世图文轩和众多出版社进行合作，获得了合作伙伴的一致好评。而时代书局立足时代，矢志书写时代，为时代的文化产业大改革、大发展、大繁荣做出贡献，是一家有远大梦想、有创新理念、有品牌追求、有精品面市的出版单位。在"典耀中华"主题读书行动倡议中，世图文轩和时代书局决策层敏锐地抓住机遇，迅速策划获奖书系选题，彰显优秀出版人的眼光、魄力与胸怀，以及通过出版优秀作品提高文化市场发展质量的理想。这样两家致力于图书策划、出版的企业，其品牌信誉是毋庸置疑的。

为大众，特别是成长中的青少年读者集中推送一批中国各种散文奖项获奖作家的个人作品集，是一件虽然困难，却功在当代、利在未来的大好事，我能参与其中，深感荣幸，同时一种使命感、责任感以及担当精神也油然而生。

经过反复讨论，我们先选择向茅盾文学奖、鲁迅文学奖、"五个一工程"奖、全国少数民族文学创作骏马奖、中国人口文化奖、冯牧文学奖、冰心散文奖、百花文学奖、丰子恺散文奖、朱自清散文奖、汪曾祺文学奖、中国报人散文奖等12种奖项的获奖作家征集书稿。后因个别奖项参与者少，又做了适当的调整。书系规模暂定为100部。相对于众多的奖项、庞大的获奖者队伍和现今激增的作家人数，100部显然太少，但作为一种对获奖作品的梳理、对获奖作家的检阅的尝试，或许可以管中窥豹，从中观察到我国这几十年来散文创作的大致样貌。我们希望此书系今后可以持续出版，力争将更多的有影响力的奖项与获奖者的优秀作品纳入，形成真正的散文大系。

令人特别感动的是，刚开始组稿时，王宗仁、陈慧瑛、徐剑、韩小蕙、王剑冰、蒋子龙等作者就对书系表现出极大的支持和信任，并在第一时间提供了书稿以示鼓励。随着组稿工作的开展，我们发现，众多作家都表现出对这个书系的浓厚兴趣与高度认可，他们对当代散文创作事业的发展前景有着共同的期待与信心。这对我和我的编委团队无疑是一种巨大的鼓舞。

组稿虽然费了不少周折，但总体上比想象中顺利得多。当然，非常遗憾的是，一部分作者的作品由于版权授出等原因，未能加入这个书系。

书系里，名家荟萃，佳作如林。有的，曾代表过一种新的创作范式；有的，曾开启过一种新的创作方向；有的，对某一题材开掘出更深、更独特的思想；有的，有引领某类题材与风格的新面貌；等等。100 部，就是 100 种人生故事、100 种生活态度、100 种阅历见识、100 种思维视角、100 种创作风格。无论是日常生活、人生成长还是哲理思考，我们都跟着作者们去感受、感悟、感怀——由 100 部书稿组成的书系，构成当代散文创作的一个缩影。

要做好这样一个大工程，具体的、烦琐的编辑事务远远超出了我们的预想。但是，我们没有知难而退。我们困于其中，也乐于其中。

在组稿、编辑过程中，我思考一个问题：我们为什么要读书？

每年的 4 月 23 日，是"世界读书日"。据说，每到这一天，会有 100 多个国家举行读书活动，旨在提醒人们重视阅读。我无法用一大段富有理论价值的话语来论断为什么要阅读，但以我个人的阅读感受，我坚信，只要阅读，就一定会有用——在浩瀚无垠的宇宙里，我们不过是一粒粒微尘，但阅读也许能让一粒粒微尘落在坚实的大地上，变成一粒粒微尘般的种子吧。而且，我认为阅读要趁年少。年少时你读过的书，你背诵过的诗歌、散文、格言、小说章节，随着时间的推移，你可能会淡忘，可能很难再复述出它们的具体内容，但其实它们早已对你的人生产生了潜移默化的影响，你从这些书中汲取到的营养，已经融入你的价值观、世界观和你的生活哲学。因此，我们组织的书稿，必须能成为真正可读的、有营养的、有真善美力量的作品，能真正在人心里沉淀下来。

习近平总书记在文艺工作座谈会上讲话时指出："优秀文艺作品反

映着一个国家、一个民族的文化创造能力和水平。吸引、引导、启迪人们必须有好的作品，推动中华文化走出去也必须有好的作品。"我们希望，这个书系能成为读者眼里"有正能量、有感染力，能够温润心灵、启迪心智，传得开、留得下，为人民群众所喜爱"的优秀作品。再过十年、二十年甚至五十年，这套书系依然能够有读者喜欢，有些篇章能经得起岁月的洗礼，真的成为经典。

当然，任何一套书系都做不到十全十美。我在编纂这套书的过程中，最大的感受是，当代散文创作无论是题材、创作方法，还是思想容量、艺术表现力，已真正呈现出百花齐放的态势。我希望读者亦能如我一样，从中感受到散文天地的无垠无际，感受到散文的力量。

在此，特别感谢给予我们信任与支持的作家，特别感谢包括世图文轩、时代书局在内的所有为此书系的成功出版付出了辛勤劳动的团队和师友。

谨以此文代为书系的说明。

2025 年春，于北京

—— 写在前面 ——

甲辰龙年春节前夕，子君发来微信，说要编辑一套书，要我抓紧时间整理书稿。

编辑这套书，真是一个好主意。

但随即我又犯了愁。选什么作品呢？于是，开电脑，找U盘，翻剪贴本……春节期间，忙得不亦乐乎。

最终，我选择的是自己近年来发表过的一些散文、随笔作品。

翻看着一本本厚厚的剪贴本，像翻动着自己厚重的青春。

这是一本纪念青春与奋斗的书，也是一本纪念自己文学创作生涯的书。

第一辑《山河》，描写的是祖国的大好河山；

第二辑《宝藏》，是我对蕴含在历史中的精彩进行的一次次挖掘；

第三辑《面孔》，主要是描写一些人物的纪实散文，同时也有自己作为驻港部队一员的经历；

第四辑《花园》，记录的是自己在日常生活中的所思所想；

第五辑《品读》，则是为朋友出版的书写的一些序言。

此刻，我感觉书中的每一个字，都是我的一次心跳。

我坚信，只要有文字的记录，青春就会不老，青春就会永在。

　　就让这些文字，纪念我的青春岁月，陪伴我鬓角日益增多的白发。就像一枚绽放的花朵，永远别在我的胸口，带着新鲜的露珠，也带着蓬勃的心跳。

第三辑　面孔

第四辑　花园

第五辑 品读

第一辑 山河

雪 山 芭 蕾

在中国，桃花实在是一种平常的花儿。就算是在现代大都市，桃花也是随处可见。一到春天，这些花儿在公园、路边开得分外热烈，桃枝上缀满了花瓣，总给人甜蜜的味道。平日读诗圣杜甫《绝句漫兴九首》，其中有"颠狂柳絮随风舞，轻薄桃花逐水流"之句，再加上"桃花运"之类的词语，让我对桃花有些敬而远之的意思。但林芝的桃花改变了我的"意思"。

这是我第一次到雪域高原。坐在进藏的飞机上，我一直透过舷窗眺望着青藏高原。岁月的刻刀痕太深了，在高原上留下的尽是粗犷线条的沧桑。雪山之巅耸立在云层之上，壮美而圣洁。

林芝以桃花闻名。林芝的桃花，美在天然，她们总是在随性中生长，山坡上，田野间，小河旁，甚至民居小院里，都可见桃花的踪影，也没有人工栽培那样形成整齐的线条。林芝的桃花，美在对比。眼前的桃花洋溢着春的气息，可一抬眼，雪山又立刻给出冬天的意境。就如同一双清澈的眼，长在了充满沧桑的脸上，怎能不让人难忘？林芝的桃花，美在清纯与和谐。与桃花一同蜿蜒的，是纯净得有些微蓝的尼洋河，还有在雪域上不断优雅转弯的神秘的雅鲁藏布江。纯净的花，纯净的水，再配上纯净的雪山，在这样的环境中，不像饮了醇酒一样有着微微的醉意才怪呢！

　　然而，这就是林芝的桃花给我的印象吗？不！非强大的力量，不足以改变我对桃花根深蒂固的偏见。

　　林芝的桃花，到底美在哪里？访问藏东南文化遗产博物馆尼洋阁，游览以天佛瀑布闻名的卡定沟……我一直寻找着答案。如果不是到巴松措（也叫错高湖）的路上遇到天气变化，或许我永远也找不到答案。

　　那一天，天是阴沉沉的。从林芝到巴松措，约3个小时的车程。走到一半儿，天空中飘起了雪花。雪并不大，但因为是春天的雪，引起了我的兴味。雪花纷纷扬扬，洒落在近处的桃花上，风里的雪花，似乎是在和春天进行着最后的较量。

　　在没有阳光照耀、没有蓝天映衬、没有清水陪伴的这个时刻，我才蓦然发现林芝桃花真正的美。向远处望去，那么多鲜美的花瓣，有的浅红，有的丹赤，有的轻粉，如火，似云，在深黛色的枝头上集结。她们更像成群结队的长着明亮双眸的舞者，在舞台上争先恐后地跳着春天的芭蕾！那迎风飞舞的花冠，不正是舞者的面孔吗？那在雪中绽放的花瓣，不正是舞者的裙摆吗？蓦地，我听到了风雪吹奏的惊天动地的交响曲，看到了桃花舞者在枝头跳起了最惊心动魄的舞蹈。这些桃花舞者，和这片大地上世世代代繁衍的人类一样，没有向海拔屈服，没有向季节屈服，没有向岁月屈服，没有向风之刀、雪之剑屈服！向上仰望，桃花之上，是永远的雪山。雪山是沉默的观众，无言地欣赏着雪中桃花的舞蹈。每一个枝头，都是一片片在风雪中颤动但决不屈服的舞者。我被这雪山下的芭蕾征服了。

　　我知道，从那一刻起，我永远也忘不了林芝的桃花了。从林芝回来的每一天，我的枕边都有雪山和桃花的味道。朋友，我要对你说，这辈子，一定要去林芝一次，去看一看雪山下的桃花。在那里，你可以找到最美的春天。

紫云的色彩

其实，记忆就是岁月中的一块调色板。人每到一个地方，总会在记忆中留下关于当地的色彩。这种色彩在时光中逐渐显影，最终呈现出一种特别的颜色。

紫云苗族布依族自治县，给我最初的印象是绿色。2018 年 4 月，我参加了由紫云县委、县政府和贵州省诗人协会主办的全国名家"诗写贵州脱贫攻坚"之"紫云精气神"采风活动。一路上，感觉绿色是紫云的主色调。这里山清水秀、气候温和、雨量充沛，适合绿色植物的生长。是呀，那连绵不断的麻山，是绿色的；那漫山遍野的植物，是绿色的；格凸河两岸，让人感觉到连吹拂的风都是绿色的……"绿水青山就是金山银山"，在人们格外关注生态环保的今天，这种绿色何尝不是一种巨大的财富。

紫云县的产业扶贫，也是围绕绿色展开的。到达紫云的第二天，我和中国作家协会《民族文学》杂志社的主编石一宁，就在县里的安排下，驱车一百多公里，先后参观了火花镇的万亩葡萄园、白石岩乡的"红心红薯"产业和湾坪村的循环生态产业链、板当镇的蓝莓种植示范园等，处处感觉到"绿色的风"扑面而来。在火花镇，当沿着崎岖山路来到群山之上眺望万亩葡萄园时，我们感受到那壮观的绿色带来的震撼。绿色的葡萄藤蔓在葡萄架上舒展着，蔓延着，仿佛向人们诉说着绿色的希冀、绿色的渴望。我们来到宏兴果蔬种植农民专业合作社参观，看到桌子上展示着紫云红心薯的各种规格和包装的产品。对于我们这些"城里人"来说，这是难得的绿色食品。果然，在与合作社负责人聊天时我们了解到，紫云县是红心薯产地，所产红心薯具有皮薄、无渣、有板栗香气等特点，含有多种维生素及微量元素，营养价值很高。近年来，紫云红心薯被推广到上海、深圳等大城市的超市，深受市民的欢迎。我想，这是因为红心薯应和了大家"绿色生活"的理念，让人们在繁华都市也能品尝到天然纯正的绿色食品！

沉浸在绿色的意象里，我很快又发现了紫云另一种色彩。通过和紫云县的乡亲们攀谈接触，慢慢地，印象中便有了第二种颜色：紫色。这是一种紫色的淳朴。紫云的苗族、布依族儿女都非常勤劳，非常踏实肯干。虽然时间短暂，他们却给我们留下了美好难忘的印象。在火花镇关坪村，我们采访了村支书韦吉云。最让我难忘的，是韦吉云的眼睛和手。他的眼睛是明亮的，仿佛青山深处的溪流，流淌着苗族和布依族儿女对摆脱贫困、实现美好小康生活的渴望。他的手是粗糙的，宽大黝黑，布满了茧花，这是勤劳、奋斗的写照。韦吉云告诉我们，关坪村一共种了2000多亩葡萄，年产量在40万斤左右，每斤以2元到3元的价格卖给批发商，现在家家户户种葡萄都很踊跃。沿着关坪村坑坑洼洼的半山坡地走着，我们看到很多村民在自家的门口都"见缝插针"地搭起了葡萄架，可见韦吉云所言非虚。说话间，我们路过韦吉云家，便到他家中小坐。一迈进韦吉云家，我就被深深打动了，打动我的是他家灰色的、斑驳的水泥墙壁，一点装修和装饰都没有。其实，只要他拿出一点点时间，请人粉刷一下也是好的，何况家里并不缺钱。韦吉云告诉我们，他家是致富比较早的。但一个人富了不算富，只有带领村民都富起来，才是他的心愿。望着韦吉云明亮的眼睛，我真的看到了紫色的淳朴。我期待着紫色的葡萄挂满枝头的时刻——那是勤劳的紫云儿女用淳朴的心灵浇灌出的果实。

应当说，紫云留给我印象最深的色彩是红色。

虽然在紫云的时间不长，只有两天半，但我能时时处处感受到当地党员干部红色的初心。红色的初心，表现在"吃苦在前，享受在后"的共产党人的襟怀。来到紫云，听到在老百姓中流传的一句话：最好的房子是学校，最旧的房子是县委、县政府大院。我们来到紫云县委、县政府参观，果然大院里的主体建筑都是二十世纪七八十年代建的，一用就是数十年。形成鲜明对照的是，在县里财政非常困难的情况下，紫云县在2014年投入资金建起了新的民族高级中学。我们来到学校参观，只见宽敞的大门、气派的教学楼、设施一流的学生宿舍在阳光丽日下排列开来，一派生机勃勃的景象。品读着"励志、阳光、合作、担当"的校训，我仿佛看到了紫云县民族高级中学正迎着灿烂的朝阳，开创着美好的未来。

红色的初心，还表现在带领老百姓脱贫致富的使命担当。通过此次采风活动，我对紫云县的扶贫工作有了全面而深刻的认识。县里的顶层设计好，思路非常清晰，规划设计很全面、扎实；扶贫项目好，非常符合当地的实际。我们走访了3个乡镇、8个扶贫点，处处可以看到上级调派驻点扶贫的人员，到乡镇、村的干部，都有着非常好的精神状态，都在带领人民为摆脱贫困"只争朝夕"，付出艰苦的努力，这种精神非常令人敬佩。

红色的初心，也生动地体现在每一位扶贫干部身上。在白石岩乡湾坪村，我们遇到了一位特殊的村党支部第一书记。他叫蒋兴新。2016年4月，他来到紫云驻村扶贫。他的妻子在外地攻读博士学位，不满周岁的孩子只好寄养在亲友家。两年多来，他忘我工作，使深度贫困村湾坪村被列为省"三变"改革试点村，成为党建促脱贫的示范村。在深山环抱的湾坪村，我们看到了可集中饲养150头肉牛的规范化养殖场"大山养牛场"，参观了可年产 2000 吨的秸秆综合利用加工厂，还了解到这里有一个独特的"白石岩微农场"。这个"微农场"，是积极发展社会力量扶贫的有益尝试。"微农场"以每分地 800 元进行网络认领，每分地里所产红心薯归认领人所有，每一个认领人牵手帮扶一户贫困户。2017年，有 80 人认领了土地，使 31 户贫困户摆脱了贫困。我们来到"微农场"现场参观，只见田间地头插满了写有认领人名字的小标牌。每个标牌上，都画着一颗红色的心。蓦然间，我看到这一颗颗红色的心在大山之间跳动，这是新时代中国共产党人红色的初心所绘就的摆脱贫困的宏伟画卷！

回到北京之后，我回味着紫云的色彩：绿色，紫色，红色……在记忆的调色板上，紫云的颜色逐渐清晰。紫云之行，使"多彩贵州"在我的脑海中有了更为直观、更为真切的印象。那跳动的色彩如在眼前，仿佛触手可及。

"龙"字田里爱国情

　　绮丽艳阳下，翠绿山谷间，淙淙清溪旁，这个巨大的繁体"龙"字显得格外气魄宏大，处处洋溢着美的韵味。

　　时间是2018年国庆节前夕，地点在贵州省安顺市龙宫风景名胜区，来自全国各地参加"龙宫诗会"的诗人们，对这处完美结合着人文与自然的景观赞叹不已。只见这个巨大的"龙"字，宛若天公写出的书法，在阳光下神采飞扬，活灵活现。令人惊叹的是，这个繁体"龙"字是用农作物"种植"出来的！春季，采用油菜花和蚕豆套种，想必油菜花盛开之时，这个"龙"字在大片蚕豆的映衬下，显示出一种迷人的金黄；秋季，则采用普通水稻和黑糯米水稻套种，站在高处俯瞰，这个"龙"字绿油油的，清晰可辨，充满大自然的生机和活力。

　　赞叹之余，大家走下山坡，到这片美景中亲身体验。漫步田间，感受着迷人的田园风光，吐纳着新鲜的田野气息。人流中，一位身着苗族服装的少女手中那一抹红色，深深吸引了我的视线：是国旗，五星红旗！在"龙"字田里看到五星红旗，真是令人感慨万千。

　　安顺市是苗族、布依族同胞聚居地。这个巨大的"龙"字，见证着苗族、布依族儿女对祖国的深情。想来真是神奇，只有具备贵州这样的地貌条件，才能产生"龙"字田这样的奇迹。如果在平原上，即使有这样的奇观，不站到丘陵高处，人们还是难以欣赏到壮观的美景。站在

"龙"字田里，深深为祖国的大好河山而陶醉，深深为中华大地上拥有如此多样的地貌而自豪。这个占地 8 万余平方米、被世界纪录认证机构认证授牌为"世界最大的植物汉字景观"的"龙"字田，饱含着贵州苗族、布依族儿女对祖国河山的热爱！是的，无论是种植水稻也好，种植油菜花也罢，这是苗族、布依族儿女把一根根作物当作丝线，在美丽的黔山秀水间绣着对祖国的深情。

这个巨大的"龙"字，折射着苗族、布依族儿女对中华文化的尊崇。走在"龙"字田里，感觉自己也成了"龙"字的一部分。这面苗族少女手中的五星红旗，说不定就在点画之间，让站在高处看风景的人捕捉到，成为最打动人心的一抹红。欣赏这个"龙"字时，真真切切感受到汉字之美在大自然中得以完美呈现。春去秋来，笔锋是水稻呈现的，线条是油菜花展示的，笔走龙蛇，笔笔都是自然风景，美轮美奂，美就美在文化品位。这是中国的自然之美和中国人的智慧之美最直观、最生动的体现！

与手持国旗的苗族少女攀谈，更是了解到了"龙"字田背后"脱贫攻坚"的生动故事。她告诉我，她的家乡就在龙宫景区，乡亲们一直守着这片风水宝地。这里拥有两项世界吉尼斯之最，一个是最大、最多的水旱溶洞群，另一个就是世界最大的植物汉字景观——"龙"字田。"天下溶洞数贵州，水上溶洞看龙宫"，这里引来无数文人墨客赞美，国画家刘海粟赞誉这里为"天下奇观"，诗人艾青曾称龙宫为"大自然的大奇迹"。苗族少女说，听家里大人们讲，虽然守着这片青山绿水，但从改革开放以来，家里的经济条件才逐渐得以改善。特别是这几年，贵州加大了"脱贫攻坚"力度，通过建好基础设施、推广旅游品牌、提高服务品质，家乡得到长足发展，知名度不断提升。旅游业的发展，带动了周边群众脱贫致富奔小康，绿水青山真正变成了金山银山。

听着她绘声绘色的讲述，我也不禁心潮起伏。眼前这个巨大的

"龙"字,不正是这幅"脱贫攻坚"时代画卷中最写意、最酣畅的一笔吗?苗族、布依族儿女对祖国的爱,对中华文化的情,不正是真心凝聚在这满满的获得感中了吗?

辞别苗族少女,再次漫步"龙"字田里,看青山翠谷,听水声潺潺,满目绿色中,那一抹红,依然在我的心头跳跃。

上　海　气　质

一

　　中国科学院上海硅酸盐研究所办公楼前，是一小片别致的绿地。绿草红花中，有一座严东生先生的雕塑头像。先生目光如炬，微笑着望向远方。顺着他的目光看去，仿佛可以看到 1949 年的上海。

　　那一年，上海刚刚解放。5 月 28 日清晨，居住在南京路的市民一早醒来便被眼前的景象震撼了：一支取得战斗胜利的队伍，整齐有序地露宿街头，绝不扰民。解放军官兵和衣而卧的画面，迅速传遍了世界。

　　正在美国伊利诺伊大学做博士后的严东生在《华侨日报》上看到解放军进入上海后睡在街头的报道，非常感动，萌生了回国参与建设新中国的想法。

　　1950 年，冲破重重阻挠后，严东生乘船途经香港，回到了日夜思念的祖国。

　　严东生是我国耐火材料研究领域的奠基人之一。二十世纪六十年代，他又开展了无机材料科学与工程的研究。如今硅酸盐所的多个学科都是严东生参与创立的。在严东生的努力推动下，我国成为国际无机闪烁晶体材料的研发中心，中科院上海硅酸盐所也成为世界无机闪烁晶体材料研发的重要基地。

硅酸盐所是一个小小的缩影——上海为新中国的科技进步与发展做出了重大贡献。严东生先生，是知识分子报国的又一典范。他的身上，饱含着浓浓的家国情怀，浸润着深厚的江南文化。

二

熊熊，一个上海女孩的名字。

6月15日，"中国作家协会庆祝新中国成立70周年采风团"第二团的作家们，来到上海作协的会议室，与交通行业代表及先进人物座谈交流。

在我看来，"上海十大杰出青年"熊熊，是在红色文化的熏陶下成长的。她特别喜欢去红色景点参观，对中共一大会址更是情有独钟。她坦言，每次参观都有新感悟。从检修工干起，她干一行爱一行，一直干到车站站长，把青春年华都奉献给了她热爱的地铁事业。2007年，以她名字命名的"小熊为您服务台"成为上海市地铁首个服务台。2011年开始，熊熊担任地铁人民广场站副站长。在她的带领下，车站获得了"全国现场管理星级评价五星级现场"称号。

除了爱岗敬业，熊熊还有一颗热衷公益的心。2012年，全国第一个地铁音乐角在人民广场站诞生了。近千场公益演出，让这里成了传播爱与温暖的艺术殿堂。她为一群患有孤独症的儿童组织了多场爱心演出。她结婚时，这群儿童悄悄地来到婚礼大厅。当大门缓缓打开时，孩子们专门为她和她的亲朋好友献上了一场精彩的音乐会。那个时刻，熊熊的心融化了。

这就是新时代的上海，一个充满爱和梦想的地方。

三

大巴车穿越雄伟壮观的跨海大桥，来到了洋山港。一下车，海的气息扑面而来。海风中，一个气质干练的人来到我们面前，开始给我们讲述洋山港的传奇故事。

他叫柳长满，是洋山四期码头运营方上海国际港务集团尚东分公司总经理。在我看来，他身上具有典型的海派文化的味道。他从大学毕业后就一直在这个行业工作。2005 年洋山港建设初期，他第一批来到这里，见证了洋山港一期至四期码头的飞速发展，见证了洋山从一座荒凉无名的小岛成长为世界级大港。

洋山港四期，颠覆了我对传统码头的认知。在柳长满的陪同下，我们走进高耸的中控塔，俯瞰整个码头：只见红色的桥机伸展着巨臂，整齐排列的塔吊车把巨大的集装箱轻轻抓起，轨道吊伸出长臂，准确地锁住集装箱，使集装箱沿着轨道进入货物堆积场，然后由无人车将集装箱运向指定地点，一直摆放到卡车上。车辆川流不息，集装箱有序出入，繁忙的港口内却见不到一个人！

柳长满自豪地说，洋山港四期工程的建设，是"中国速度"的生动体现。从 2014 年底开工，到 2017 年底开港，只用了 3 年时间，一个全智能的世界级码头就在洋山迅速崛起，呈现在世人面前。同时，"中国制造"也成为四期工程中的极大亮点。三大装卸机种，也就是桥吊、轨道吊、无人车，均为中国制造。负责制造这些设备的上海振华重工集团领导说，洋山港四期码头相关任务的完成，标志着振华自动化码头的制造水平已跃居世界领先地位。

更为可贵的是，洋山港四期工程有着一颗"中国芯"。全自动化码头智能生产管理控制系统，是上港集团自主研发的，再加上振华重工自主研发的智能控制系统，共同组成了这个新时代全新码头的"大脑"与"神经"。这两套系统的研制与应用，让国内全自动化码头第一次用上"中国芯"。世界级大港的崛起，离不开"中国智造"的强大支撑。

柳长满介绍说，从 2002 年洋山港一期工程开始，短短的十几年，一个原来只有 3000 多个渔民的小渔村，已建设成为现代化的洋山深水港区，与大陆通过东海大桥连接。洋山的年吞吐量从零起步，一次次打破和刷新世界纪录，成为上海建设国际航运中心的战略支点。目前，洋山港集装箱吞吐量连续多年位居世界第一。

顺着柳长满的手指方向望去，壮阔的东海大桥如巨龙般在海上伸展，一排排集装箱承载着新时代中国梦的重量在码头上整装待发。

洋山港，位于长江和东海交汇处，有辽阔富饶、富有活力的千里平原作为腹地，一边连接着长江经济带，一边连接着二十一世纪海上丝绸之路。在洋山港的辉映下，上海更加彰显出国际大都会的气质和魅力。

四

上海的采风之行丰富且震撼，为什么严东生、熊熊、柳长满三个人物进入了我的视野，并最终被我写进了文章里，他们之间有什么必然联系吗？

上海市社会科学界联合会主席王战有一种说法，江南文化、红色文化与海派文化在上海相互碰撞、相互融合，产生出上海独特的文明气质。

王战先生作为学者，此言不虚。

城市是由无数个鲜活的人物组成的。每个人物的气质，就代表着这座城市的气质；每个人物的命运，最终也将融入和造就这座城市的命运。江南文化培育的爱国报国精神，鼓舞了严东生成为大科学家，一生报效祖国；受红色文化陶冶的熊熊，把全部精力投入到为市民服务之中，让这座城市有了爱与温度；海派文化造就的柳长满，作为洋山港建设的参与者和见证者，凭借出色的实绩把上海的城市形象推向了世界。

"中国作家协会庆祝新中国成立 70 周年采风团"第二团，在上海的采风时间很短。但两天时间里，上海的城市形象已经深深印刻在每一位作家心里。采风团有一面旗帜，上面写着"见证新时代，书写新辉煌"，每一位作家笔下都有乾坤、有风雷、有温度、有激情，上海城市的气质，一定会在作家们的笔下生动细腻地呈现出来。

采风结束的前夜，我独自来到中科院上海硅酸盐所。夜晚，办公楼前那一小片别致的绿地上，严东生先生的雕塑头像被柔暖的光影笼罩着。先生目光如炬，微笑着望向远方。顺着他的目光看去，我看到了新时代的上海，和她独特的气质……

抱犊寨遐思

在交通发达的现代社会，石家庄市鹿泉区的地理位置是很容易被忽视的。而在秦汉甚至更早之时，这里的地势是十分险要的。看地图即可知晓，从冀中平原西去太行，鹿泉几乎是必经之地。也就是说，鹿泉是平原与山区的一个交会点。如果从军事地形学的角度看，西出太行即可抵山西、陕西，东出平原即可达河北、山东，有平地崛起之山脉，有蜿蜒曲折之流水，林密草深，适合排兵布阵。因此，在古代，这里是兵家必争之地。

于是，抱犊寨进入了人们的视野。抱犊寨不是村寨，而是一座山。可以说，西去太行，抱犊寨是第一座有气魄的山峰。抱犊寨山势陡峭，犹如自然之刀斧削出的奇峰，四周尽是悬崖绝壁，只有羊肠小路可抵山顶。意想不到的是，到达山顶之后，则是一片开阔之地，有600多亩。初夏时节，这里花繁叶茂，一派苍翠。这就是抱犊寨之美，美在用悬崖峭壁捧出了一座"空中的花园"。向西观之，是连绵起伏、气势非凡的太行群峰；向东放眼，则是高楼林立、车水马龙的石家庄市区；向北远眺，是波光粼粼、气象万千的滹沱河水；向南纵目，则是绵亘起伏、雄风犹在的古道雄关。

站在峰顶，观白云悠悠讲述千年往事，看郁郁葱葱的花木，感知新时代的繁荣。远远眺望，这一片几十公里见方之地，历史上发生过多次战争。最著名的是公元前204年，汉将韩信攻打赵国，在这里打出了以少胜多的背水一战。《史记·淮阴侯列传》里，详细记载了这一战事。这里山道延绵，车不双轨，马不并骑，地势险要。"夜半传发，选轻骑二千人，人持一赤帜，从间道萆山而望赵军"，韩信在这一带的山中设下奇兵。"萆山而望"大抵是隐藏在山中观察的意思。后世的史书，也有的把抱犊寨称为萆山。古战场的遗迹恐怕难以确切寻找，但历史的刀光剑影，还隐藏在这里的一草一木之中。在抱犊寨峰顶，有时一阵风声传来，吹得树叶沙沙作响，仿佛是古代士兵的脚步，在狭窄的山道间踏响。

古代中国，战乱频仍。据民间传说，北魏之时，葛荣率众起义，这里连续发生战事，有老百姓藏匿山中，抱犊而死，所以有抱犊山之名。后来，历朝历代都重视此地的军事价值，在山上建寨屯兵，也就有了抱犊寨之称。

站在峰顶，历史的烟云如在眼前。新中国成立后，这里开始变成建设发展的热土。特别是党的十八大以来，鹿泉的新兴产业不断壮大。经过多年的结构调整，压减了4000万吨水泥产能，构建起了由休闲旅游引领的产业新体系。"绿水青山就是金山银山"，这是一个多么巨大的变化呀！此刻，微风习习。阳光下极目远眺，一座座美丽乡村和现代化小镇，承载着厚重历史，沐浴着时代春风，正在冀中平原上迅速崛起。

手绘的蓝图

在这幅有点粗糙甚至显得有些"寒酸"的规划图前，我沉吟了许久。

我端详着这幅规划图：两平米见方，想必当时县城的条件非常有限，图全部用手工绘制，字迹也并不端正潇洒。然而，令我动容的是，规划图上行政机关只在西北角上占据非常小的一块地，而工业、商业、学校的用地，则都是大片大片的，甚至还规划有影剧院、文具大楼。最令我感动的是，规划图的关键部位，被制图者饱含深情地涂上了颜色。那是一片穿透岁月的红色，在将近 60 年后，如闪电般一下子击中了我，让我思绪飞扬、浮想联翩。

时间是 2017 年 11 月 4 日，地点是河南省中牟县规划展览馆。我来中牟，是为了参加第六届雁鸣湖金秋笔会。中牟县委、县政府很热情，安排我们参观了国际文化创意产业园、方特欢乐世界、绿化博览园、官渡黄河大桥、雁鸣湖等地，让大家亲身感受中牟的发展与变化。来自全国各地的 60 多位作家，用心倾听着这诗意的、田园般的沃土，这巨变的、繁荣的中牟。

中牟，地处中原腹地、黄河之滨，是华夏文明最早的发源地之一，历史文化悠久灿烂，遗址古迹星罗棋布。最早的奴隶起义——崔苻泽起义就发生在此地。著名的官渡之战遗址也在这里。这里还是著名思想家列子、美男子潘安、民族英雄史可法等名士的故乡。

到一个地方采风，只有细节才能打动人。我想，来这里的每个作家都在苦苦寻找着属于自己的细节。我找到的，就是这一幅简陋的规划图。它之所以打动我，是因为在这个左下角标注着制于 1959 年 10 月 31 日的规划图，后面还并列着三幅规划图：《中牟县城规划总图》（1985—2000）、《中牟县城总体规划调整总图》（1993—2010）和《中牟县城总体规划》（2010—2020）。紧随其后的这三张图，一张比一张更精美、更科学、更有气魄。在我的眼中，这分明是一幅色彩绚丽的画卷，一代又一代中国共产党人，在进行着一场又一场接力赛，传递着为人民谋幸福，为民族谋复兴的初心！

根据我手头可以查阅到的资料，1957 年，也就是手工绘制这张规划图前两年，中牟县工业产值仅仅有 135 万元，社会商品零售额也只有区区几百万元。而到了 2017 年，在中牟建设的产业园区，仅汽车产业产值将达到一千亿元，现代农业交易额也将突破一千亿元！这些鲜活跳动的数字，胜过万语千言，记录着中牟天翻地覆的变化，记录着中牟人民在共产党领导下战天斗地、开创美好生活的壮志豪情。

中牟，只是中原大地的一个缩影；中原大地，也是美丽中国的一个窗口。感受着缩影里的变迁，观看着窗口里的精彩，我的心如何不沉醉，思绪怎能不激荡？我想，中牟西邻郑州，东接开封，作为郑汴一体化的核心区域和战略支点，兼容两地深厚文化之底蕴、开拓进取之气魄，必将以喷薄迸发之势，在新时代书写出更加壮美的新篇章。

离开规划馆前，我再次回首望向那幅手绘的规划图。岁月如梭，初心永固。我仿佛看到了江姐等革命先烈，在重庆渣滓洞手绣五星红旗的动人剪影；仿佛听到了焦裕禄等共产党人，在兰考大地手植"焦桐"的感人歌吟……是的，我真切地听到了，看到了。我感受到了这手绘的规划图后面，那永远为人民而跳动的初心。我看到了一代代中国共产党人带领人民，在中国大地上描绘的复兴蓝图，这蓝图在丽日蓝天下铺展开来，成为 960 万平方公里的壮美画卷。

赛里木湖的"心跳"

风景名胜会因为文学插上翅膀。在中国历史上，亭台楼阁何止千万，但人们能记住的就是醉翁亭、幽州台、岳阳楼、滕王阁等等。为什么？就是因为有《醉翁亭记》《登幽州台歌》《岳阳楼记》《滕王阁序》。因为有了像这样的文学作品，这些地点数千年之后还能焕发出精神的光芒，让大家记住它们。

所以说，山不在高，有"文"则名；水不在深，有"诗"则灵。我修改古人这句话，是想说明文学与风景的关系——不描写风景的文学，是没有诗意的文学；没有文学的风景，则是没有翅膀、难以流传的风景。

写到这里，我忽然想起了一座湖泊。那是在我的印象中最为纯美圣洁的湖泊，她就是赛里木湖。她的湖水如眼眸，一个忽闪，就摄走了人的灵魂。是该为她写点文字了。

赛里木湖位于新疆西北部的博尔塔拉蒙古自治州境内，天山西部的群山之中。博尔塔拉自古以来就是游牧民族的活动场所，历史上曾是丝绸之路北道所经过的地方。历史上，游牧民族在此留下了大量的文化遗迹。汉代，先后有月氏、乌孙、匈奴等民族在这里游牧。西魏、隋唐时期，突厥、回鹘等部在这里建立地方政权。

702 年，武则天设立北庭都护府，在此驻扎军队。这一时期，丝绸之路北道达到极盛，远征将士和骆驼商队，由天山北路出入伊犁河谷，东去长安、洛阳，西去波斯、罗马，此为必经之地。元代，蒙古人经这里进军中亚，在湖边留下点将台。明代，这里为准噶尔部所占有。清乾隆年间，清廷平定准噶尔上层贵族叛乱后，从河北张家口调来察哈尔官兵千余名，携家眷在此地驻防。乾隆三十六年，也就是 1771 年，土尔扈特部自伏尔加河流域归来，其中近 3000 人被安置在这一带游牧……往事千年，历史沧桑，为这座蓝色的湖泊增添了历史的波纹。

赛里木湖何以得名？赛里木湖的命名最早可以追溯到隋唐时期，当时被突厥人命名为"色特库尔"，意思是"奶湖"，或许是为了表达对上苍赐予这片水草肥美的湖泊的感激之情吧。千百年来，这里一直是历代游牧民族不可多得的天然夏季草场。到了清代，赛里木湖被称作"三台海子"，因当时在湖的东岸有鄂勒著依图博木军台（即三台）而得名。在蒙语中，把这里称为"赛里木淖尔"，意为"山脊梁上的湖"。它水域面积约 458 平方千米，最深处 102 米，水质极清，清可见底。赛里木湖的海拔是 2073 米，是新疆维吾尔自治区海拔最高、面积最大的高山湖。神奇的是，赛里木湖原本没有鱼，1998 年从贝加尔湖成功引进高白鲑等冷水鱼，结束了赛里木湖不产鱼的历史，经过十几年的发展，现已成为新疆重要的冷水鱼生产基地。

那年 8 月，我们来到湖边，只一眼，冷艳的湖水就俘获了我的灵魂！高山、冰雪、森林、草原、碧波……这就是多姿多彩的赛里木湖。只用一秒，你的眼睛就会看到五种以上风格迥异的风景！即使是夏季，站在湖边，也能看到高山上的积雪。近处，湖畔草深花密，水清径幽；远处，山岭上的白云如梦似画，云杉郁郁苍苍。遥看辽阔草原，牛羊奔驰，繁花点点，构成了一幅绝美的油画。

最令人难忘的是赛里木湖湖水的蓝色。这是一种纯洁得如眼泪的蓝，雅致得荡人心魄的蓝，只望一眼就会渗入到血液中的蓝。有人说，湖水似蓝色琥珀，也有人说像情人的眼睛。然而，赛里木湖的蓝带给你的震撼还不止于此。细细品味，湖色由近而远，是分着层次的蓝，淡蓝、深蓝、墨蓝，蓝得层次分明，蓝得天光璀璨。湖畔的鲜花和远处的雪山倒映在湖水中，使不同层次的蓝色中又增添了红、黄、白、绿等色彩。金莲花、委陵菜色彩斑斓，珠芽蓼、火绒草随风摇曳，赛里木湖变成了山的怀抱、花的海洋、草的家园、林的世界……

那天，我们开车围湖绕了一圈，从不同的角度欣赏着这大美风景。然而，美则美矣，我总感觉到少了点什么。我想，难道真的是少了名篇佳句？如果在这纯美的岸边没有文学相伴，那么我们从风景中品尝出的，只会是水的味道，而不会有酒的味道！

返回酒店，枕着湖畔涛声，在灯下翻阅书卷，依稀可以听到动人的吟唱，正自古及今，徐徐而来。

听，这声遥远的心跳来自唐代。645 年，唐太宗李世民的诗句中出现了"圆盖归天怀，方舆入地荒。乳海池京邑，双河沼帝乡"，这是迄今所知道的最早的对赛里木湖的赞美。这声赞美虽然不是那么嘹亮，却也是婴儿的第一声啼哭，照亮了赛里木湖的文学地平线。

到了元代，一声声蓬勃的心跳开始活跃起来。看吧，赛里木湖的美景屡次出现在道教宗师丘处机的游记中。1221 年，丘处机应诏从山东出发，迢迢万里晋见正在中亚统军征战的成吉思汗，途经赛里木湖畔时，被这里的美景深深震撼，吟出"银山铁壁千万重，争头竞角夸清雄。日出下观沧海近，月明上与天河通……河南海北山无穷，千变万化规模同。未若兹山太奇绝，磊落峭拔如神功"的名句。在《长春真人西游记》中，他的弟子李志常记述道："忽有大池，方圆几百里，雪峰环之，倒影池中。师名之曰天池。"你听，耶律楚材也加入到这文学的大合唱中了。他是蒙古帝国时期的政治家。他咏叹湖畔的森林"千层松桧接云平"，他醉心于岸边的田舍，"松桧丛中疏甸亩，藤萝深处有人家"。他更是第一次把赛里木湖称为"擎海"——被自然之力高高举起的海："插天绝壁喷晴月，擎海层峦吸翠霞。"这些诗文，如赛里木湖的涛声，回响在文学的时空。

时光荏苒。文脉延续到了有清一代。洪亮吉，清代经学家、文学家，江苏常州人。乾隆五十五年（1790年）科举榜眼，授编修之职。嘉庆四年（1799年），他因上书言事而获罪，免死，戍于伊犁。谪戍伊犁期间，他写下多篇与赛里木湖有关的诗句，其诗思奇峭，笔力雄浑。他赞美赛里木湖为"净海"。他在《净海赞》中抒写："历数宇内灵川秀墅，笠屐所至者，或同兹幽奇，实逊此邃洁，诚西来之异境，世外之灵壤矣！"清末文人宋伯鲁以"四山吞浩森，一碧拭空明"的诗句，描绘了赛里木湖雄奇秀丽的山色湖光。清代名士祁韵士亦在游记中极言赛湖之美："青蓝深浅层出，波平似镜，天光山色，倒映其中，倏忽万变，莫可名状……沿海皆驻防察哈尔，列帐而居，错落棋布，牛羊牲畜，烂漫若锦。睹此境界，有海阔天空之想。"鸦片战争之后，被贬谪伊犁的民族英雄林则徐也加入了这场文学的"接力赛"，他著文称赛里木湖"波浪涌激，颇似洪泽湖"。罗家伦之诗句"丛山拔海六千尺，一镜平开万顷蓝"更是捕捉到了赛湖的神韵。这些文学的"大合唱"，渐渐使不为外人所知的赛里木湖扬名四海，成为丝绸之路上一颗世人瞩目的明珠。

在赛里木湖游览时，同行的同志介绍说，2004年，赛里木湖被批准列为国家重点风景名胜区。随着赛里木湖旅游活动的兴起，博州加大投入，完善住宿、餐饮等基础设施，新建环湖公路，极大地改善了赛里木湖的旅游条件。目前，前来赛里木湖旅游的游客逐年增多。是呀，如此美丽的赛里木湖，一定会吸引更多关注的目光！

夜深了，我踱出酒店房间，听到了不远处的赛里木湖传来的神秘而悠远的涛声。在我的耳中，这就是心跳。是的，文学就是心跳，它支撑起风景的生命，它使风景得以生动，得以流传，得以延续百年千年。那一夜，我终于倾听到了赛里木湖的"心跳"，我知道，从那一刻起，赛里木湖就有了鲜活的生命，在我的记忆中永远栩栩如生。

北京交响曲

我一直认为，世界上还没有哪一座城市，能够将古老与现代这样完美地结合在一起。

无论是漫步在气势森严的故宫、巍峨壮观的长城，还是穿行于断壁残垣的圆明园、伤痕累累的卢沟桥，你都可以倾听到历史深沉的音律。然而，当你辗转于798艺术区、三里屯酒吧街，你又仿佛进入了一个现代、前卫而又时尚的世界。如果你再去看看分列于北京中轴线北端两侧的"水立方"和"鸟巢"，你一定会惊叹北京无与伦比的魅力。

北京就像是"交响乐"。北京的魅力在于楼群之高，也在于胡同之深；在于广场之阔，也在于四合院之幽；在于古典神韵，也在于现代风采；在于历史的沉积，也在于今天的跨越……

有人说，北京是需要细细品读的。可以用历史学、地理学的眼光去品读，还可以用民俗学、政治学、建筑学、方言学、文学、艺术的眼光……无论你用哪种眼光去品读，北京都有着无穷无尽的滋味。还有人说，北京这座古城，经历朝兴衰、世代积淀，像一瓶精酿3000年的美酒，洋溢着浓郁的文化气息，令人心醉。

建筑学泰斗梁思成说："北京是在全盘的处理上才完整地表现出伟大的中华民族建筑的传统手法和在都市计划方面的智慧与气魄。"

人民文学家老舍说："北平在人为之中显出自然，几乎是什么地方既不挤得慌，又不太僻静，最小的胡同里的房子也有院子与树。"

丹麦学者拉斯姆森（Rasmussen）说："北京城乃是世界奇观之一，它的布局匀称而明朗，是一个卓越的纪念物，一个伟大文明的顶峰。"

有太多的人描写北京，有太多的人歌颂北京，有太多的人向往北京……在世界人民的心中，北京已经成为中华文化的代表，已成为东方文明的象征。

北京历史悠久。她有着3000余年的建城史和850余年的建都史，是历史文化名城和中国四大古都之一，同时也是全球拥有世界文化遗产最多的城市。秦汉以来，北京地区一直是中国北方的军事和商业重镇，有蓟城、燕都、燕京、涿郡、幽州、中都、南京、大都、京师、顺天府、北平等称谓。中国历史上许多重大的事件，都与这座城市有关。北京这座城市，承载了太多历史的沉重。"靖难之役"，燕王朱棣（明成祖）以此为基地夺得皇位；"七七事变"，中国全民族抗战开始；1949年10月1日，中华人民共和国在这里宣告成立。

北京位置优越。她位于华北平原西北边缘，与天津相邻，并与天津一起被河北省环绕。境内贯穿五大河，主要是东部的潮白河、北运河，西部的永定河和拒马河。西部是太行山山脉的西山，北部是燕山山脉的军都山，两山在南口关沟相交，形成一个向东南展开的半圆形大山弯，人们称之为"北京弯"。古人言："幽州之地，左环沧海，右拥太行，北枕居庸，南襟河济，形胜甲于天下，诚天府之国也。"

北京名胜众多。北京具有丰富的旅游资源，对外开放的旅游景点达200多处，有明清两代皇宫故宫、祭天神庙天坛、皇家花园北海、皇家园林颐和园和圆明园，还有八达岭长城、慕田峪长城以及世界上最大的四合院恭王府等名胜古迹。全市共有文物古迹7309项，其中有6处世界遗产、2处国家重点风景名胜区、99处全国重点文物保护单位。她是中国拥有帝王宫殿、园林、庙坛和陵墓数量最多、内容最丰富的城市。

故宫又称紫禁城，这里住过明清两代 24 个皇帝，建筑宏伟壮观，完美地体现了中国传统的古典风格和东方格调，是我国乃至全世界现存最大的宫殿。天坛布局合理、构筑精妙，是明清两代皇帝"祭天"和"祈谷"的地方，是中国现存最大的古代祭祀性建筑群，也是世界建筑艺术的宝贵遗产。颐和园山青水绿，在中外园林史上享有盛誉，具有很高的艺术价值。此外，金代古籍《明昌遗事》、明代《宛署杂记》、清代《宸垣识略》等，都提到过"燕京八景"。"燕京八景"指北京旧时的八个景观，包括蓟门烟树（西土城）、卢沟晓月（卢沟桥）、金台夕照（金台路）、琼岛春阴（北海公园）、居庸叠翠（八达岭）、太液秋风（中南海）、玉泉趵突（玉泉山）和西山晴雪（香山、八大处）等。每个人到北京，都会找到自己倾心的风景，都会找到自己心爱的去处。

北京小吃迷人。她的小吃历史悠久、品种繁多、用料讲究、制作精细、有口皆碑。清代《都门竹枝词》云："三大钱儿卖好花，切糕鬼腿闹喳喳，清晨一碗甜浆粥，才吃茶汤又面茶；凉果炸糕甜耳朵，吊炉烧饼艾窝窝，叉子火烧刚卖得，又听硬面叫饽饽；烧麦馄饨列满盘，新添挂粉好汤圆……"京味小吃的代表有豆汁儿、豆面酥糖、酸梅汤、茶汤、小窝头、茯苓夹饼、果脯蜜饯、冰糖葫芦、艾窝窝、豌豆黄、驴打滚、灌肠、爆肚、炒肝等。比如说豆汁儿，梁实秋在其《雅舍谈吃》中曾说过："豆汁儿之妙，一在酸，酸中带馊腐的怪味；二在烫，只能吸溜吸溜地喝，不能大口猛灌；三在咸菜的辣，辣得舌尖发麻。越辣越喝，越喝越烫，最后是满头大汗。"来北京的人，都会对北京的美味留下深刻的印象。

北京胡同纵横。胡同是最具北京特色的民居之一，最早起源于元代，"胡同"一词在蒙古语中是"小街巷"的意思。北京的大小胡同星罗棋布，数目达到 7000 余条，每条都有一段掌故传说。北京的胡同名字包罗万象，名目繁多，令人看着眼花缭乱，但如果认真分析，还是有其内在的规律的。多以衙署官方机构、宫坛寺庙、仓库作坊、桥梁、河道、集市贸易、商品器物、人物姓氏、景物民情等决定胡同的名称，其中许多沿用至今。有的以人物命名，如文丞相胡同；有的以市场、商品命名，如金鱼胡同；等等。其实，一个胡同名字有时就是一部精彩的历史。比如，明代永康侯徐忠住宅所在的胡同就叫永康侯胡同，即今天北城的永康胡同。三不老胡同就是七下西洋的郑和的故居所在地，郑和人称三保太监，他居住的胡同叫三保老爹胡同，清代改称三不老胡同。来到北京，你一定要到什刹海一带进行一次"胡同游"。坐上风铃叮当的三轮车，穿过蜿蜒曲折的胡同，走进迷人的四合院，会让人真正领略到老北京的风韵。

北京文化多彩。京剧被誉为中国的"国粹"，有200余年的历史，华丽的戏服、动听的唱腔、百变的脸谱，令人印象深刻。走在北京的街头，经常可以听到路边传来抑扬顿挫的京戏段子。在200余年的发展历程中，京剧在唱词、念白及字韵上越来越北京化，使用二胡、京胡等乐器，也融合了民族特色，集歌唱、舞蹈、武打、音乐、美术、文学于一体，终于成为一种成熟的艺术。除京剧外，北京还有双簧、相声、评书、京韵大鼓等。著名的长安大戏院、湖广会馆、老舍茶馆、中国国家京剧院、梅兰芳大剧院和中国国家大剧院等，常有精彩的文化演出。

北京商业发达。她有100多家大中型购物商场，王府井大街、前门大栅栏、西单商业街是北京的传统商业区；国贸商城、东方新天地、中关村广场是近年来新崛起的商业巨擘。

如果您对古玩感兴趣，就到琉璃厂或潘家园的古玩城逛逛吧；如果您对外贸服装情有独钟，那可一定别错过秀水街和雅秀服装批发市场。北京城至今仍有大量的传统商铺，有众多代表传统文化的独树一帜的中华老字号企业。北京的象牙雕刻、玉器雕刻、漆雕、景泰蓝、玉器、丝绸刺绣等历史悠久；民间手工艺品，如泥人、京剧脸谱、风筝、剪纸等物美价廉，令人爱不释手。

北京前景辉煌。2005 年，在国务院批准的《北京城市总体规划（2004—2020）》中，北京被定位为"国家首都、国际城市、文化名城、宜居城市"。2008 年，北京市地区生产总值 10488 亿元人民币，同比增长 9%，人均 GDP 达到 63029 元人民币，在中国大陆仅次于上海市。北京的综合经济实力一直保持在全国前列，第三产业规模居中国大陆第一。越来越多的跨国公司看中北京这片迷人的沃土。2008 年 8 月 8 日，第 29 届奥运会在北京开幕。"中国长卷"徐徐拉开，漫天焰火激情绽放，奥运圣火点燃了 13 亿中华儿女的心。那一刻，北京辉煌，中国腾飞，世界赞叹。奥运会，给北京带来了日新月异的变化，也进一步加强了中国人民和世界人民的友好交流。东西方文明的交汇，使这座古老的城市呈现出崭新的面貌。

虽然说有太多的文学大师写下了关于北京的文字，但我一直认为，北京是无法描绘的。因为她太久远、太辽阔、太厚重、太迷人。

如果有人问我北京像什么，我会告诉他，北京像是一首雄浑壮丽的交响乐。你听，现代与古典在这里交汇，豪放与婉约在这里交织，古老与年轻在这里碰撞……

写于 2010 年

香港的节奏

在香港待久了，你会发现香港是有节奏的。

一

香港有抒情的节奏。"小河弯弯向南流，流到香江去看一看"，这一首《东方之珠》，曾经唱遍了大江南北，令多少中国人魂牵梦绕。这块美丽而富饶的土地，承载了中国人太多太多的情感。这种情感，至今已绵延了160多年。里面既有岁月沧桑的脚步，也有生活巨变的轨迹；既有饱含百年屈辱的历史记忆，也有充满自豪喜悦的现实乐章。

香港是美丽的。她位于广东省珠江口东侧，与广东省毗邻，地处亚太区中心，拥有天然良港，地理位置、地理条件相当优越。境内多丘陵。香港属亚热带季风区，气候温暖湿润，雨量充沛。香港面积1100多平方公里，其中香港岛面积80.40平方公里，九龙面积46.89平方公里，新界及离岛面积973.74平方公里。香港人口接近700万，其中中国人约占95%，外籍人口主要有菲律宾人、印度尼西亚人、英国人、印度人、泰国人、日本人、尼泊尔人和巴基斯坦人。

香港，像一颗璀璨的明珠，每天都焕发着现代化国际大都市无与伦比的光芒和日新月异的魅力，让人倾慕，让人陶醉，让人神往。

欣赏香港的最佳角度，或许是坐船漫游维多利亚港，因为到这里，你一下子就可以领略到香港的"核心"。一驶入维多利亚港，看到碧海蓝天之间两岸林立的高楼，高楼上的玻璃此时折射着太阳的光辉，反衬着街道上五颜六色的广告牌，使整座城市看上去晶莹透亮。人们不禁在心中赞叹：好一颗靓丽的东方明珠哇！眺望香港的风景，让人产生出无限的情思。

二

香港有快速的节奏，是国际著名的自由港和国际贸易中心、金融中心、航运中心。香港是全球第十大商品贸易经济体系、第七大外汇市场、第十大银行中心及全球四大黄金市场之一。香港地方这么小，但股票市场规模之大，名列亚洲第二，世界第十。香港是全球出口服装、钟表、玩具、电脑游戏等产品的主要地区之一。香港是全球第十大服务出口之地，在亚洲仅次于日本。香港服务贸易主要包括民航、航运、旅游、与贸易有关的服务，以及各类金融、银行服务……在香港生活，每天面对着紧张的节奏、密集的楼群、匆匆的人流，你会感觉到有点透不过气来。她太"快"了。

三

当然，香港也有悠闲的节奏。香港既是闻名遐迩的"购物天堂"，也是人间的"美食天堂"。游客来港的目的，多以购物度假和商务活动为主，购物占游客消费的一半以上。当你漫步于香港，你一定会惊叹这里是不折不扣的"购物天堂"。香港拥有10000多家商店，超级市场800多家，大型百货公司200多家。世界上很多的名牌产品，都可以在香港找到。入夜，当你置身于维多利亚港湾，那是一个霓虹的世界，楼宇上反复闪烁的，就是世界上知名的品牌。如果你是一位"美食家"，香港绝对可以满足你的口腹之欲。她是集世界佳肴美点之大全的"美食天堂"，游客可以在香港品尝到世界各国可口的美食。在人口稠密的铜锣湾和九龙尖沙咀一带，食肆如林，世界各大洲的菜式几乎都有，价格高低各异，丰俭由人。据统计，香港有中西食肆 7000 余家，可谓是五步一楼、十步一阁，任何时间都可找到进食的地方。多姿多彩、包罗万象的菜式厨艺更是无与伦比。中菜有粤菜、京菜、川菜、宁波菜、苏州菜、湘菜。西菜既有法国佳肴美酿，也有充满地中海特色的意大利餐厅，富有拉丁浪漫情怀的墨西哥餐馆，古朴雅致的日本料理店，洋溢着热带风情的南洋食肆，还有美式牛扒屋、英式酒馆午餐，东欧、北欧的美食，越南菜、韩国菜近年也流行起来。这里既有豪华的满汉全席、海鲜野味餐厅，也有受普通大众欢迎的盒饭快餐。

四

香港还有和谐的节奏。香港既充满浓厚的传统色彩，又具有现代国际大都会的风范。在这里，粤语与英文并用，筷子与刀叉共存；佛寺道观与教会圣堂同样门庭若市；农历新年的烟花，元宵及中秋的彩灯与圣诞节的灯饰鲜花，都在为"东方之珠"增添光彩。

香港是一个繁荣的国际大都会，这里的经济发展自由而强劲。香港已连续 10 多年被美国传统基金会评为经济最自由的地区。同时，香港也被称为"动感之都"，这里的一切都充满朝气和活力。

五

香港有着与世界同步的节奏。高度发达的传媒让人时刻与世界每个角落保持着顺畅的联系与沟通。香港的传媒机构众多，资讯渠道高度发达，是当之无愧的国际新闻传播中心。在这么小的一片土地上，集中了 48 份报纸和 691 份期刊。报纸中有 21 份中文报纸、14 份英文报纸、8

份双语报纸和 5 份用其他语言印行的报纸。期刊中有 489 份中文期刊、104 份英文期刊和 87 份双语期刊，以其他语言印行的期刊有 11 份。这些报刊的内容和题材包罗万象，从政治、经济、社会、人文到专业知识和娱乐消息等，无所不有。

香港是亚洲的广播枢纽，有 14 家卫星广播机构以香港为基地，通过卫星把讯号传送到亚洲各地，而香港的卫星及有线广播营运商则通过 200 多条频道，为香港市民提供多元化的娱乐资讯服务。香港有两个本地免费电视节目服务持牌机构，各提供一个广东话频道和一个英语频道，每周平均播出超过 660 小时的节目，观众人数达 600 多万。香港还有 13 个电台频道，香港电台经营其中 7 个。香港电台是公营广播机构，其使命是在资讯、教育及娱乐方面为市民提供取材客观而分量均衡的广播节目。

六

我个人认为，香港最有特色的，是文明的节奏。香港社会的文明程度很高。香港是一个法制社会，法律渗透在人们生活的方方面面，香港市民的法制意识也非常强。在香港，排队的场面是经常能见到的。等车、船或用餐、买票等等，人们都很自觉地排队，有时候只有两三个人，也习惯性地排成队。初到香港的人，会惊叹于香港的秩序：香港这么窄的街道，车和人都那么多，车速居然还是那么快。其实很简单，这就在于文明和法制。

中国对香港恢复行使主权后，中央政府切实贯彻"一国两制"、"港人治港"、高度自治的方针，严格按照宪法和香港特别行政区基本法办事，坚定不移地维护香港繁荣稳定。在中央政府和祖国内地大力支持下，特别行政区政府同广大香港同胞团结奋进，克服了亚洲金融危机冲击、非典疫情等带来的巨大困难和挑战，维护了香港社会大局稳定，实现了经济复苏，香港各项事业取得长足进步。

七

中国对香港恢复行使主权后，香港作为一个经济体，仍保持着强大的国际竞争力。香港依然是世界上最重要的金融中心与转运中心。香港依然拥有世界第一大集装箱吞吐港，全球最大的国际空运机场和全球最大、最先进的空运货站。香港依然保持着全球第二大船舶管理中心、世界第四大黄金市场、世界第十大股票市场的地位。香港，依然多次被评选为世界最自由经济体。

香港市民及世界各地人民都目睹"一国两制"构想在香港全面落实。香港依然是一个开放、多元化、保障言论自由、奉行公平竞争原则的社会，香港市民也维持了一贯的生活方式。香港的司法机构依然稳固独立，一直坚守法治精神。特区政府运作透明，敢于承担责任，积极照顾市民各方面的需要。在国际上，香港以"中国香港"的名义，参与国际组织所举办的大型会议，并且按照基本法所赋予的权力，与多个国家签订双边协议。香港市民仍然享有进出境自由。不少在 1997 年前移居海外的香港人又回到自己的家园。

因为，这是一片自己能够当家作主的家园，是一片充满生机和活力的家园，是一片孕育希望和未来的家园。

八

紫荆花开，香江辉煌。我们希望，若干年后，当我们再次来到香港，听到的，还是"你的风采是否浪漫依然"的旋律；看到的，还是一片片美丽的紫荆花和紫荆花辉映的繁荣美丽的香港；感受到的，还是香港繁荣与发展的永恒节奏……

写于 2010 年

第二辑　宝藏

深山里的文人们

一

中国革命的雄浑画卷，是由一副副生动的革命先辈的面孔组成的。这次到革命老区金寨县采风，看到了无数闪烁于星罗棋布的红色遗址、纪念馆、陈列室墙面上的面孔。这些革命先辈们，有的留下了照片，有的甚至连照片都没有，只有后人创作的画像。这些历经岁月沧桑，却依旧栩栩如生的面孔，宛若灿烂星辰，闪耀在神秘的大别山腹地，闪耀在作为景仰者的我们的心头。

考察金寨县红军广场，参观县革命博物馆，瞻仰游历中国工农红军第十一军第三十二师成立旧址——斑竹园朱氏祠，红二十八军重建旧址——南溪吕家大院，豫东南道区苏维埃政府旧址——汤家汇接善寺，赤城县苏维埃政治保卫分局旧址——汤家汇姚氏祠，以及全国仅存的两所赤色邮政局之一的赤城县赤色邮政局旧址和少共豫东南道委等革命旧址和遗址……我看到了一张张永远定格于青春岁月的面孔，他们那么年轻，那么充满朝气，那么富有牺牲与奉献精神，令我终生难忘。从金寨归来的日日夜夜里，这些面孔一直星辰般若隐若现地悬浮于我的记忆中。

哪张面孔最令我难忘？读着金寨县党史县志档案局赠送的一本本红色文化读物，一些面孔最终在我的脑海里定格：那些深山里的文人们。

二

在中国革命的历史大潮中，文人们一直是一个特殊的群体，他们是一些通过阅读马列著作，最先觉悟的人。毕竟还能供孩子上学读书，他们的家庭一般并不贫穷。但他们却毅然抛弃了相对舒适的生活，选择了与劳苦大众站在一起，选择了充满艰难困苦和流血牺牲的革命生涯。

地处鄂豫皖要冲、大别山腹地的金寨（1932 年 10 月前，金寨尚无县的建制），是交通和信息闭塞、生产力低下的山区，受到统治阶级的剥削和压迫更为严苛。因此，金寨是五四运动后，马克思主义最早得到传播的地区之一。

第一张令我难忘的面孔，是刘仁辅。他是金寨燕子河人，1885 年生，毕业于安徽政法学堂。1920 年，他参加了燕溪小学马克思主义学习小组，接受革命思想。1922 年秋天开始，他组织燕子河地区农民运动，与当地土豪劣绅开展针锋相对的维护"永佃权"斗争。

当时，恶霸地主们为了加重对农民的盘剥，要把佃户从拥有永佃权的土地上赶走，以便加租加贷。佃户们个个义愤填膺，但又一筹莫展。这时，刘仁辅站出来了，这个大别山养育的文人，做出了一个令人吃惊的决定：代表农民讨公道。他是地主出身，家里有田有地，带领大家维护永佃权，等于和自己的家庭公开决裂！在刘仁辅义正词严的申述下，国民党政府的法庭不得不答应维持农民原来的永佃权。

令我难忘的生动面孔还有詹谷堂。他 1883 年出生，家在南溪镇葛藤山下的一个村庄。詹谷堂是清末秀才，是一个严格意义上的文人。他以教书为生，人品、才华出众，且眉清目秀，仪表堂堂。

他还有一个大名鼎鼎的学生，著名的革命文学家蒋光慈。1924 年 7 月，詹谷堂经蒋光慈的介绍，加入了中国共产党。詹谷堂入党后，高兴地在黑板上题下一首诗，其中两句是"漫天撒下革命种，伫看将来爆发时"。这样一位充满浪漫气息的文人，用这样激动的方式表达了自己的革命理想。

此后，他把党组织发展工作的重点放在家乡的最高学府——笔架山甲种农业学校，常把传播马列主义思想和新文化运动的进步书刊送给笔架山农校的罗志刚、李梯云、周维炯等进步师生。

1924 年 10 月，秋高气爽之际，詹谷堂和他的同志曾静华踏上了赴笔架山农校讲学、发展党员之路。一路上，他们触景生情，以诗言志。詹谷堂说："四季秋最美。"曾静华随声对吟："七彩赤奇艳。"詹谷堂接着朗诵："今日赴笔架。"曾静华续道："明朝红满天。"

吟诵毕，两人相视大笑。1924 年冬，詹谷堂等在汤家汇笔架山农校建立了金寨地区第一个党组织，从此，革命的星星之火在这片热土上开始燃烧，渐有燎原之势。

大别山豫东南红军和豫东南革命根据地创始人之一周维炯，也是一个这样的文人。他 1908 年出生，1921 年秋考入南溪明强高等小学，在那里学习新文化，学习成绩经常名列前茅。1923 年秋，周维炯考入笔架山甲种农业学校。

在校期间，他开始信仰共产主义，积极参加党组织的活动。1924 年，周维炯光荣地加入中国共产党。组织公演五幕话剧《农人怨》，是周维炯作为"文人"的"杰作"之一。笔架山农校党支部建立后，为按照党的要求做好宣传工作，决定创作排练反压迫、反剥削、反封建礼教的戏剧到各地巡演，周维炯负责这项工作。共产党员罗志刚很快创作出了五幕话剧《农人怨》。

话剧无情地揭露了地主封建势力的罪恶，故事很接地气，情节生动感人。1925 年农历二月初二，话剧在汤家汇举行了首场演出，获得空前成功。为此，党组织决定，把话剧搬到人数更多的双河山庙会上去演出。在周维炯等人的积极协调下，话剧在双河山庙会连演三天，每天两场，场场爆满，有力地推动了农民协会的反剥削、反压迫斗争。

这些生动的面孔中，不乏女性。除了商南游击大队的金刚山"妇女排"，让我印象最深的就是林月琴了。林月琴，1914 年出生于金寨一户小商人家。父亲林维尹 1927 年加入中国共产党，以开杂货店为掩护，秘密做党的交通工作。

林月琴在小学时就思想进步，向往成为坚定的革命者。1929 年 5 月，立夏节起义时，林月琴参加了起义游行，显示了自己的组织才能。而在前一年秋，在鄂豫皖边区党组织发起的"文字暴动"中，她也发挥了重要作用。

所谓"文字暴动"，就是通过散传单、贴标语，制造浓厚的舆论氛围，鼓舞激励广大农民的斗志。林月琴家，是这些传单和标语的重要"生产地"和中转站。他们还别出心裁地发明了一种"自流宣传"——把标语写在小木板上，刷上桐油，之后将小木板投入到河流中，使其顺水漂流，无形中扩大了宣传范围，增强了宣传效果。"文字暴动"极大地鼓舞了劳苦大众的斗志。

罗银青的面孔，因为一首著名的歌曲而格外清晰地留存在人们的记忆中。他 1894 年生，斑竹园镇沙堰村人，《八月桂花遍地开》的词作者。他幼年随叔父读私塾。1926 年去武汉从事工人运动。1927 年 3 月，他进入毛泽东在武昌创办的中央农民运动讲习所学习，结业后回家乡从事农运工作。1927 年秋至 1930 年冬，他先后在沙堰洪觉庵、小河王氏祠、果子园佛堂坳办学。

罗银青也是个典型的文人，他擅长写诗，出口成章，被称为"商南才子"。他经常编写歌曲戏剧，组织学生演出，宣传革命思想。1929 年

5月，他在佛堂坳教书时，面对立夏节起义胜利的大好革命形势，创作出《八月桂花遍地开》的歌词。歌词配以民歌《八段锦》的曲调，歌颂党、歌颂红军，鼓舞人民群众跟着共产党创造出新世界，反映了那个时代人民的心声，成为红军时期的经典歌曲，唱响神州大地……

这就是大别山这座雄奇的山脉所养育出的文人。他们首先是革命者，他们以文人的敏感触觉，感知到了一个未来的新的世界。

三

大别山深处的文人们，有着各自不同的、独特的人生命运。

刘仁辅，1929年参加著名的六霍起义并指挥起义中的关键一战——西镇暴动，暴动胜利后，担任西镇党总支书记兼革命委员会主席，为开辟皖西革命根据地立下不朽功勋。

1930年8月，在国民党军队进行的大规模的清剿行动中，刘仁辅被搜山的敌人发现，不幸被俘，受尽酷刑，坚贞不屈，最后被敌人用铁钉钉死在六安城门上，时年45岁。据2010年5月的《安徽商报》载，在革命历史文物普查过程中，金寨县意外发现革命先烈刘仁辅的墓地。普查人员通过走访调查、文字考证和实地勘察，证实刘仁辅的遗体被安葬于金寨燕子河镇闻家店村陈坳组塔儿河附近。

詹谷堂，参与组建中国工农红军第十一军第三十二师，并经常随军活动。1929年7月，国民党军向商南地区红军猛扑，因敌我力量悬殊，红三十二师被迫向鄂豫边区黄安、光山转移。詹谷堂因身体有病，上级组织安排其留在地方坚持战斗。8月18日，他在葛藤山獐子岩猴儿洞被敌人发现，当天即被解往民团团部。他经受了各种酷刑，仍坚贞不屈。8月28日晚，敌人最后一次审讯，他被摧残得奄奄一息。被拖回牢房后，他自知生命即将终结，用手指蘸着自己的鲜血，在墙壁上写下"共产党万岁"五个大字。随后，他倒在地上，永远闭上了眼睛。

周维炯，1930 年 5 月起，任红一军第二师、第三师师长，红四军第十一师师长，参与指挥攻克霍山、英山、光山等县城的战斗，率部参加鄂豫皖苏区第一、二次反"围剿"和蕲黄广地区作战，以及著名的双桥镇战斗，成为红军早期的军事领导人之一。后来，周维炯被诬陷。1931年 10 月，周维炯被杀害于河南光山新集（今新县），年仅 23 岁。中华人民共和国成立后，徐向前元帅亲自写证明为周维炯平反。1959 年，中央军委追认他为革命烈士。

林月琴，为数不多的参加红军长征的女干部，后来与罗荣桓结为革命伴侣。1955 年，她被授予大校军衔，是当时全军 43 名校级女性军官之中唯一的大校。2003 年 11 月 22 日，林月琴因病医治无效在北京逝世，享年 90 岁。

罗银青，在 1932 年 9 月鄂豫皖根据地第四次反"围剿"失利后身负重伤而被捕。在狱中，他大义凛然、宁死不屈，写下了气壮山河的《敢死文》。后经多方营救出狱。他撰写了大量的革命诗文，被称为"红色歌手"。1952 年，罗银青去世。2008 年 11 月 8 日，金寨县民政局、斑竹园镇政府将他的坟墓修葺一新，用大理石制作了纪念碑，碑正面镌刻着：罗银青之墓。

四

1932 年 9 月，在红军第四次反"围剿"中，国民党军卫立煌部进占金家寨，国民党政府为加强对鄂豫皖边区的统治，始设县，称"立煌县"。1947 年，刘邓大军千里跃进大别山，9 月上旬，将获得解放的立煌县更名为金寨县。

金寨，地处安徽西部、大别山腹地、鄂豫皖三省接合部，是中国革命的重要策源地、人民军队的重要发源地。在革命战争年代，全县有十万人参军参战，走出了洪学智、皮定均等59位开国将军，被誉为"红军摇篮、将军故乡"。解放后，金寨县兴修水利，攻坚扶贫，弘扬红色精神，致力于经济发展，取得丰硕成果。2016年，金寨县生产总值达到百亿规模。

在金寨采风结束前的一个早晨，我漫步在所住酒店旁的一个街心花园。身旁，树繁花茂，人们悠然晨练；周围，高楼林立，满眼勃勃生机。"八月桂花遍地开，鲜红旗帜竖起来。"蓦然间，我觉得身边这些花木，就是由革命先烈们的身躯化成，他们在树枝间、花蕊里探出身子，充满温情地凝视这张灯结彩、光辉灿烂的新世界。

微风拂过，树叶沙沙作响。我知道，这是大别山深处的文人们，在晨光中苏醒，发自肺腑地吟唱着新的诗篇。

写 意 长 征

那年那月，那群远征的人

于都为县，位于赣南；贡江潺潺，穿城而过。

夜深人静，枕着贡江波浪入眠，我们仿佛依稀听到 82 年前的战马嘶鸣，恍然看到 82 年前的通明火把，隐约体会到当年十送红军的依依难舍。

九一八事变后，中华民族危机日益深重。中国共产党在湘赣边等地创立的红色政权如"星星之火"，赢得了穷苦大众的衷心拥护，渐成燎原之势。国民党坚持"攘外必先安内"政策，调兵百万"围剿"各革命根据地，重点进攻中央革命根据地。从 1930 年底开始，中央革命根据地军民在毛泽东、朱德、周恩来等人的指挥领导下，先后取得第一至四次反"围剿"的胜利。由于党内领导者排斥了毛泽东的正确领导，中共中央主要领导人博古和共产国际"军事顾问"李德实行错误的指挥，中央革命根据地第五次反"围剿"失败。中共中央和中央红军不得不进行战略转移。红军将士自此踏上万里征程。这是一段伟大历史的起点。这个起点，就是于都。

为什么是于都？以今天的视角推测，一是符合战略意图。渡过贡江（当时称之为于都河）向西，正是红军前进的战略方向。二是便于机动集中。于都到中央苏区的瑞金、兴国等地的距离相等，便于从四面八方集中到此。三是便于综合保障。于都人民对红军的感情深厚，无论人力物力，都能得到充分保障。今天，中央红军长征出发纪念馆以及长征渡口等一个个红色景观，都在诉说着长征与于都不可分割的联系。烈士纪念馆中灿若繁星的烈士英名，记录着这片红色土地为长征做出的巨大贡献。一位老人将自己的棺材板献出来给红军搭设浮桥等故事，至今还在当地流传……

以我一身褴褛，换来繁花似锦。82 年前，当 86000 多名革命者渡河西进的时候，他们或许不曾想到，当年的浮桥如今已化为长征大桥、红军大桥、渡江大桥等一座座雄伟桥梁；当年的火把，已化作贡江两岸彻夜闪亮的灯火霓虹；当年积贫积弱的中国，已经巍然屹立于世界的东方。

那年那月，那群远征的人，至今依然吸引着人们的目光。80 多年后，于都河畔，人潮如织。我相信，大家不仅在寻找着中央红军长征的出发地，更是在寻找着一种永恒的精神。

江畔，那块沉默的红石

有人说，大江东去，不过是湘江的余波而已。在中国革命史中，这条江的重要地位不言而喻。从不同的地段凝视这条大江，都会有不同的风景和感受。

那一年，我在橘子洲头向西远眺，江水无语，我亦无语。在江畔捡拾一块小石头，权作纪念。石头一直在我的书房里沉默着，甚至我几乎忘却了它的存在。直到有一天，我重读了长征，重读了湘江之战。

红军开始长征后，就面临着重重艰难险阻。1934 年 11 月中旬，经过 20 多天的英勇作战，红军突破了国民党军队设置的三道封锁线。蒋介石判明红军西进的企图后，进行了周密的军事部署，企图将红军"歼灭于湘江、漓水以东地区"。那个历史时刻，红军面对着长征中最惨烈的一仗：湘江战役。当时，红军处境十分险恶：前有湘江拦阻，左有广西军阀的部队，右有河南军阀的部队，后有国民党"中央军"和广东军阀。敌人利用湘江构成了严密的封锁线。这是红军生死存亡的一战，是精神与意志的较量。经过 5 昼夜苦战，湘江两岸洒下了无数红军将士的鲜血，中央机关和红军大部队拼死渡过了湘江。红军为此付出了极为惨重的代价，也得到了极为深刻的教训。渡过湘江后，中央红军和军委两纵队，由出发时的 8.6 万人锐减到 3 万人。红军将士的鲜血，染红了整个湘江。红军将向何处去？中国革命的前途在哪里？长征路上，将士们披着荆棘，洒着鲜血，思考和寻找着前进的方向……

合上书卷，已是晨曦初露之时。我蓦然发现，书房角落里那块灰白色的小石头，竟然在漫漫岁月中变成了暗红色。或许，这是从湘江上游沿江而下的石头，它见证了 82 年前的那场英勇悲壮的战役。或许有一天，这块沉默的红石会发出金石般的声音，告诉我那遥远的一切。

小楼上，旭日喷薄

"苗岭秀，旭日升"，这是萧华的《长征组歌》写到遵义会议时的第一句。在无数与遵义邂逅的梦境中，我总是设想，第一眼一定会看到遵义会议会址小楼上的旭日。

当年，贵州军阀柏辉章把这个两层砖木结构的小楼作为私人官邸时，绝对想不到它会成为中国革命的红色圣地。同样，长征时红军总司令部的参谋曾美在接到命令，找到这里作为开会地点时，也绝对不会想到这里会开一个如此重要，甚至改变中国命运的会议。

历史回望中，尽是岁月风尘：湘江战役后，红军将士深感"左"倾错误的危害。此时，国民党判断中央红军要去湘西与红二、六军团会合，调集重兵企图围歼。博古、李德还是坚持原定计划，非要红军继续向湘西进发。在危急时刻，毛泽东力主向国民党军队力量薄弱的贵州前进。毛泽东的正确意见得到了张闻天、周恩来、王稼祥等同志的支持。1934 年 12 月 18 日，中共中央政治局在贵州黎平召开会议，肯定了毛泽东先前提出的转兵贵州的正确主张。1935 年 1 月，红军沿着大娄山间的一条小径，智取黔北重镇遵义。1 月 7 日的清晨，不管天气如何，我相信当时的那队红军一定能感觉到，自己是迎着旭日踏进遵义城的。1 月 15 日至 17 日，中共中央在遵义召开政治局扩大会议，确立了以毛泽东为主要代表的马克思主义正确路线在中共中央的领导地位，在极其危急的情况下，挽救了党，挽救了红军，挽救了中国革命。"英明领袖来掌舵，革命磅礴向前进。"中国革命，终于从逆境中看到了光明，看到了胜利的曙光。

这座小楼，是中国革命的转折之处，同样也是一个见证奇迹和创造梦想的地方。2016 年 8 月 11 日，纪实文学作品《长征》的作者王树增，在遵义城内偶遇了一位拿着《长征》一书重走长征路的青年。这位小伙子来自中国北方的繁华城市大连。我想，他来到遵义会议会址时，是不是第一眼也看到了庄严秀丽的小楼上，一轮喷薄而出的旭日？

光彩神奇的浪花

两岸青山一水出。赤水河位于贵州西北，是长江上游的支流，因含沙量高、水色赤黄而得名。这里的每一朵浪花，都因见证过红军脱胎换骨般的转变，而在两岸青山的映衬下显得格外光彩神奇。

为什么这支红军变得这样灵活机动、不可捉摸？我想，蒋介石在1935 年 1 月末至 3 月下旬这段时间，一定发出过这样的疑问。红军攻占遵义后，蒋介石调集 40 万兵力进逼遵义地区，对红军形成重重包围之势。由于遵义会议确立了毛泽东同志的领导地位，成立了负责全军军事行动新的"三人团"（毛泽东、周恩来、王稼祥），红军灵活机动的战略战术开始显示出巨大的威力，创造了"四渡赤水出奇兵"的神话：一渡赤水，摆脱被动；二渡赤水，避实击虚；三渡赤水，调敌西进；四渡赤水，跳出合围。古今中外，有在不到两个月时间，从一条河上四次渡河作战的吗？没有。只有中国工农红军创造了这样的奇迹！二渡赤水的遵义战役中，红军将运动战的特长发挥得淋漓尽致，在几天之内取桐梓、夺娄山关、重占遵义城，共歼敌 20 个团，毙伤俘敌 5000 余人，缴获大批军用物资，取得了红军长征以来的最大一次胜利，极大地鼓舞了红军的士气，摆脱了几十万敌军的围追堵截。

红军在赤水河、鲁班场、茅台镇等地留下的故事，成为永远的传奇，多少年后还在被世人传颂。在新版的《中国共产党的九十年》一书中，这样记述四渡赤水战役："迈开铁脚板，忽东忽西，迂回曲折地穿插于敌人重兵之间，使敌人感到扑朔迷离，疲于奔命。""这一胜利，是改换了中央军事领导之后取得的，充分显示了毛泽东高超的军事指挥艺术。"81 年过去了，这一狭窄地域里作战地图上的箭头，总是让人联想到赤水河起起伏伏的浪花。索尔兹伯里说过，长征是无与伦比的，长征是独一无二的，而四渡赤水是"长征史上最光彩神奇的篇章"。我想，当年索尔兹伯里一路追寻到达赤水河时，首先想到的一定是浪花有幸，见证了奇迹；首先看到的，一定是这里的浪花传承了光彩神奇的光芒。而"光彩神奇"这个词，被他捕捉到了，写进了《长征——前所未闻的故事》。

金沙江水的温度

5 月初，在横断山脉中奔流的金沙江水一定是冰冷的。为什么毛泽东在《长征》一诗中，会写"金沙水拍云崖暖"呢？按我的理解，这个"暖"字是人心里的温度。

遵义会议后，随着毛泽东领导地位的逐渐确立，一个马克思主义与中国革命实际相结合的新起点如期而至。年轻的红军官兵心中，为什么会感到温暖呢？因为他们已经感到，自己正在一条前人从未走过的道路上疾步行进。1935年3月，中央红军四渡赤水、南渡乌江后，蒋介石调集重兵，试图围歼红军于川、黔、滇边境。但此时的红军，已不再生搬硬套什么外国模式，而是走上了机动灵活的创新之路。4月，红军佯装逼近贵阳，在此督战的蒋介石惊恐万分，急令各纵队火速增援贵阳。当国民党军主力特别是滇军被红军引向贵阳以东后，毛泽东抓住云南境内敌人兵力空虚的有利时机，指挥中央红军以每天120里的速度向云南急进，直逼昆明，迫使云南军阀急调滇军和各县民团防守省城，从而进一步削弱了滇北各地和金沙江南岸的防御力量。红军趁机直扑金沙江，先头部队智取禄劝、武定、元谋三县，迅速控制了皎平渡等渡口。

皎平渡，这个即使在今天看来还依旧简陋的小渡口，81年前却决定着中国革命的成败——如果红军不能渡江，那么中国革命的历史将会彻底改写。幸好，红军在江两岸找到了6艘小船。5月3日至9日——6艘小船，7天7夜，把数万红军送到了胜利的彼岸。从深山峡谷中奔腾而下的金沙江，没有挡住红军将士的步伐，没有成为红军的"穷途末路"！至此，中央红军摆脱了优势敌军的追堵拦截，取得了战略转移中具有决定意义的胜利。

1935年5月初，在小船上彻夜渡江的红军战士，心中一定是温暖的，也一定会感受到江水是温暖的。新中国成立后，聂荣臻元帅亲自为皎平渡红军巧渡金沙江纪念碑题写了碑名。直到今天，我们仰望纪念碑回眸历史时，依然赞叹中国革命的道路上，充满了这样奇妙的、决定命运的转折瞬间；仿佛还可以看到，当年红军官兵年轻的脸庞，永远定格在云南那个明媚的春天里。江水是有温度的，同样，历史也是有温度的！

急流与铁桥的蒙太奇

一条船，17 名勇士，撞开了敌人认为是牢不可破的天险防线。

中央红军渡过金沙江北进，面临的生存环境是空前严峻的：既要通过大凉山彝族区，又要闯过天险大渡河。那时，蒋介石妄图围歼红军主力于大渡河以南，使红军成为"石达开第二"。红军正确执行党的民族政策，在彝族人民支援下，顺利通过彝族区。为尽快渡过大渡河，1935年 5 月 24 日，红一军团一师一团冒着大雨急行军 140 多里，抢占大渡河渡口安顺场。25 日，17 名勇士冒着敌人密集的火力强渡大渡河，在敌人认为红军插翅难飞的大渡河防线上，打开一个缺口。中国革命战争史上，写下了红军将士辉煌的一页。

62 年之后，1997 年 7 月 1 日，前身为"大渡河连"的驻香港部队某部一营二连同样承担着历史重任，同样在大雨中疾进，跨越深圳河，洗雪百年国耻，扬我国军威，作为主权的象征进驻香港。大渡河与深圳河的浪花交汇重叠的那一刻，奔流出新的历史意境。

镜头转换间，又是历史的传奇：一昼夜，240 里，改写了中国工农红军的命运。为赶在敌人援军到达之前渡河，中央革命军事委员会决定夺取大渡河上游的泸定桥。1935 年 5 月 28 日，红一军团二师四团接到上级命令，必须在第二天早上 6 点之前到达泸定桥。官兵们冒着大雨，忍着饥饿，边走边打，一昼夜强行军 240 里，到达了泸定桥。那时，北岸桥头有敌军筑工事扼守，敌军将桥上的木板抽去，只剩 13 根铁索，以阻红军过河。铁索泛寒，大浪惊心。在夺桥战斗中，四团二连 22 名共产党员和入党积极分子组成突击队，冒着枪林弹雨，攀着晃动的铁索，冲向对岸，打开了中央红军北上的道路，为中国革命立下不朽功勋。

51 年之后，1986 年 10 月 16 日，红军飞夺泸定桥纪念碑落成。纪念碑落成的那一天，当年任红二师四团政委的杨成武重返这里。他以古稀之龄，再一次踏上了泸定桥。只是，当年 22 位夺桥勇士，全都牺牲在中华人民共和国成立前的漫漫征程之上。那一刻，杨成武与 22 位战友在这里"重逢"。那一刻，想必是"苍山如海，残阳如血"。

穿透雪山的光芒

青衣江畔，细雨婆娑。夜色渐临，静下心来，感受江畔如烟的雨滴。到了雅安，坐在江边，我隐隐感觉到远处有一束深沉的光芒在闪烁。我问：那个方向是哪里？朋友答：宝兴。我问：那边有什么？朋友答：雪山，夹金山。

刹那间，那束光芒照亮了我的心路。在这样的夜晚，或许很多人忘记了，长征途中，年轻的红军官兵不仅要突破敌人重兵的围追堵截，还要战胜大自然中无数艰难险阻。1935 年 6 月，中央红军到达雪山脚下。三路大军穿着单衣，甚至赤着脚板，陆续开始了挑战人类生存极限的伟大征程。官兵们团结一致、生死与共，翻过空气稀薄的冰山雪岭，展现了"革命理想高于天"的坚定信念。红军翻越了夹金山、梦笔山、打古山、长板山等 20 余座海拔 4000 米以上的雪山。山上终年积雪，空气稀薄；时有狂风暴雪，冰雹雪崩，可谓"天空鸟飞绝，群山兽迹灭"。

经过长途跋涉和一路征战，已经疲惫不堪的红军指战员，究竟以什么样的信仰和意志，将一座又一座雪山踩在脚下？在《红星照耀中国》一书中，美国记者斯诺记录了毛泽东对他的亲口讲述："在这个山峰（指炮铜岗）上，有一个军团死掉了三分之二的驮畜。成百上千的战士倒下去就没有再起来。好几百人倒下来，便永远不再爬起来了。"在雪山之巅，牺牲的红军战士虽然永远不再站起来了，但他们的信仰还在，他们的精神永存：比雪山更坚固的是红军将士的信仰，比寒风更硬的是红军将士的铁骨。夹金山顶，那相互支撑、搀扶的身影，比雕像更生动，比岩石更久远，比太阳更绚烂！

青衣江水，无言静流。灯火安谧处，是今天和平而惬意的生活。仰望远方许久之后，我问朋友："你知道英雄最怕什么吗？"朋友惊愕："英雄死都不怕，会怕什么？"我答："他们最怕遗忘……"

那夜，坐在江边，我和朋友冒着细雨聊了很久很久。他或许感觉不到，但我分明看到了：一群年轻得令人吃惊的战士，头顶红星，身披彩霞，光芒四射，在远处雪山之巅接续穿过。他们永远不会被后人所遗忘。

那面孔，栩栩如生

四川阿坝藏族羌族自治州不仅有九寨沟，还有红原县。红原，因红军过草地闻名于世。如今，这里也搞起了红色旅游开发，北部的日干乔大沼泽，曾是红军过草地的一个重要地点。重走长征路的人们，从四面八方向这里聚集着。

茫茫草地，留下了"七根火柴""金色的鱼钩"等无数动人的故事，遗憾的是，没有一位摄影师拍下一张过草地时红军官兵的脸庞。81年后，一位年轻战士告诉我，虽然不知道他们长什么样子，但在我心中，他们永远是"颜值"最高的军人。

为什么？因为红军官兵在这里再一次挑战了人类的生理与心理极限，谱写了一曲曲感天动地的生命壮歌。1935 年 8 月，红军进入海拔3500 米以上的川西北水草地。这里草地纵横数百里，河沟交错，被藏民称为"死沼""鬼谷"的泥潭和沼气带密布，无路可行。这里气候变化无常，狂风暴雨随时袭来，不时有冰雹从天而降，夏天昼夜温差达30多度，白天紫外线灼伤皮肤，晚上却冻得人浑身发抖。就是在这样恶劣的自然环境下，一队队衣衫褴褛的红军官兵，一往无前地选择了向前、向前！"风雨侵衣骨更硬，野菜充饥志越坚。官兵一致同甘苦，革命理想高于天。"是呀，这里泥潭恐怖，他们稍不注意就会陷进泥沼；他们极度缺乏食物，只能靠吃野菜、草根、树皮充饥；他们穿着单衣或夹衣，在夜晚需要面对零度以下的气温。在极端恶劣、几乎没有给养保障的条件下，红军官兵怀着共同的革命理想，保持着严明的优良纪律和乐观的革命精神，以巨大的精神力量战胜了来自自然界的困难，在死神的威胁下走出草地，在最恶劣的天气，征服了世界上最难行的地貌！老红军杨定华在《雪山草地行军记》中写道："蜀道之难，恐难比拟其万一！"草地上发生的一个又一个难忘而感人的故事，今天听来还是那样令人荡气回肠。

1960年，红原建县时，周恩来总理亲自为其命名为"红原"。我相信，在那个时刻，红军将士一张张生动的面孔，一定再次浮现在他的眼前。是的，那些面孔永远难以忘记，他们永远栩栩如生地印刻于历史，闪耀在无数人的内心深处。

绝壁间，那压不断的木桥

"更喜岷山千里雪，三军过后尽开颜。"红军在过岷山之前，必过腊子口。我时常在想，为什么这么一次不大不小的战役，会牵动那么多史家的目光，在中国革命史上占有那么突出的位置？因为太险了。

腊子口之险，险在环境。腊子口位于甘南，是四川通往甘肃的必经之路。隘口只有30多米宽，鬼斧神工之间，两座千丈绝壁耸立。绝壁之间，是一座小小的木桥。不通过这木桥，红军就进不了陕甘。在这样的天险之间，还有国民党军重兵把守。1935年9月，红军前途命运的全部重量，就压在这小小的木桥之上。

腊子口之险，险在战斗。聂荣臻元帅后来说，如果腊子口打不开，无论军事上、政治上，都会"进退失据"。深知此役之险的毛泽东亲自制定了攻打腊子口的方案，并把指挥所设在离山口两百多米的地方。9月16日，红四团一部向腊子口发起进攻，同时，担任迂回任务的一连和二连，沿峭壁攀藤而上，悄悄爬上绝壁，似神兵天降一般对敌发起攻击。战斗的过程是惊心动魄的，也是语言难以描述的。到达陕北后，在一次会议上，毛泽东主席讲到腊子口战役时说，"哪些是打腊子口的同志？站起来（让大家）看看"，并向站起来的官兵敬了一个军礼。

如今，到甘南迭部县的腊子口游览，你会感觉到空气中弥漫着一种香甜的味道。我想，这不是草木的气味，而是那场生死之战散发出的芬芳。硝烟散去之后，红军北上的通道在这里訇然而开。而那座承载了历史巨大重量的木桥，也早已化作了铮铮脊梁，时常闪耀于我党我军历史上的雄关险隘之间。

转折处，一张报纸重千钧

甘肃省宕昌县哈达铺镇的上下老街，实在是一处极为幽静的所在。这条两边均为朱红色建筑、有着几百年历史的老街，时常会迎来世界各地的游客，特别是年轻人。他们操着各种语言来这里并不是访古，而是来寻找那一段红色传奇。

今天，人们把这条老街称为"红军街"。漫步在古色古香的街道上，你可以感受到历史与现实在同一时空里的交错。历史是必然的，又是偶然的。正是因其必然，才有了庄严；也正是因其偶然，才有了传奇。

1935年9月，红一方面军在哈达铺正式改称中国工农红军陕甘支队。9月20日，历史在必然与偶然的交织中，让中央红军选择了陕北。据亲历者的回忆，当时毛泽东让侦察连长梁兴初等人去搞点"精神食粮"。在哈达铺一个小小的乡邮所，梁兴初找到了几张旧报纸。毛泽东则从一张《大公报》上获取了陕北也有红军的报道。接着，他再一次做出了重大决策，改变原先在川陕甘建立根据地的计划，决定到陕北与刘志丹的红军会合，把红军长征的最后落脚点放在陕北。据亲历者的回忆，毛泽东向大家宣布这一消息时，是在老街上的一座关帝庙里。当那些走过千难万险、经历无数战斗的革命者，听到终于有了一个"落脚点"时，究竟是一种怎样的反应？脸上究竟露出了怎样的表情？

1935年9月下旬，陕甘支队突破敌人渭河封锁线，占领榜罗镇。中央政治局常委召开会议，正式决定到陕北去，巩固扩大陕甘革命根据地。10月19日，党中央率领陕甘支队到达陕北吴起镇。这一路上，那张决定红军前途方向的报纸，是否一直陪伴在毛泽东身边？这位因创办《湘江评论》而声名远播的伟大革命者，又因一张《大公报》找到了红军的"落脚点"，是不是又是一次偶然中的必然？

哈达铺，被誉为红军长征走向胜利的转折点。今天，这个转折点上的那个小小邮政代办所还保存完好，当年的那一期《大公报》，也在纪念馆里展览着。人们漫步在幽静的老街上，路过这个神奇的邮所时，一定可以感受到那一张报纸的千钧重量。

纪念碑顶，红星耀满天

纪念碑是一个民族凝固的情感，雕塑是一个民族文化的沉淀。来到宁夏固原市西吉县的将台堡，一眼就会看到中国工农红军长征会师纪念碑，一眼就会看到纪念碑顶端那三尊红军头像上的闪闪红星。

纪念碑记录了什么？一段红色的征程，在这里胜利结束：1936年10月9日，红一方面军和红四方面军在会宁会师；22日，红一方面军和红二方面军在将台堡会师。红军三大主力会师，标志着长征的伟大胜利。

1935年12月17日至25日，中共中央在瓦窑堡召开政治局扩大会议，明确提出党的基本策略任务是建立广泛的抗日民族统一战线。1936年2月至5月，为打通抗日路线和巩固扩大陕甘革命根据地，中共中央决定红一方面军以中国人民红军抗日先锋军的名义东征。从此，中国革命掀开了新的壮丽画卷。

纪念碑，熔铸着长征的永恒价值。长征的胜利，为党保存和锻炼了大批信仰无比坚定的革命骨干，为国家独立、民族解放奠定了坚实基础，中国革命从此掀开了新的一页。长征是什么？每一代人都有自己的答案。历史峥嵘，精神永恒。长征是中国革命从挫折走向胜利的伟大转折点，是党领导全国各族人民为争取民族独立、人民解放英勇奋斗的雄伟画卷，更是中国共产党人光荣革命传统和中华民族伟大民族精神书写的壮丽史诗。80年后，当我们在实现中华民族伟大复兴中国梦的背景之下，以中华民族历史继承者的眼光来品读这段历史，那壮丽史诗中激昂的旋律和传递的精神力量依然令人心潮澎湃，令人振奋和鼓舞。正如眼前的纪念碑和雕塑，向我们传递着信仰的力量。

每一代人都有自己的长征路。今天，全体中华儿女在实现中华民族伟大复兴中国梦的征程上，正在继承着长征为我们留下的永远的精神力量，不断创造着新的胜利。

纪念碑，高耸着一个民族的梦想。边走边思，离开将台堡红军长征会师纪念碑时已是黄昏时分。再次回眸，发现三尊红军头像上的闪闪红星，早已化为满天的星斗，照耀着来路，也照耀着前方的路。

写于 2016 年

土楼之上的圆月

临近中秋，我参加了中国作协等单位组织的到福建省龙岩市永定区"重走中央苏区红色交通线"采风活动。说到永定，自然而然会想起客家土楼。土楼已成为客家人的象征，更成为一种文化遗产，令国人骄傲、令世界瞩目。

车行山道间，我们可以看到山脚下的一片片土楼。最奇妙的感受是在黄昏时分。暮色渐起，清角吹寒，我们在山腰间俯瞰，翠树黄花间，土楼极像一轮油亮亮的圆月，闪烁在大地之上。这真是一幅人间美景！

圆月，寄托着人间最美好的情感，最真挚的祝愿——团圆。其实，在闽西这片红色沃土上，在这些饱经沧桑的土楼里，还埋藏着许多团圆的故事。

在中央苏区红色交通线纪念馆，我们了解到有这样一条鲜为人知的红色团圆之路。

这条红色交通线，是土地革命战争时期在上海的党中央通往中央苏区首府瑞金的一条秘密交通线。它的出发点是上海，然后经香港、汕头、潮州、大埔、永定、上杭、长汀等地到达瑞金，绵延在闽粤赣3省的高山密林里，蜿蜒曲折达数千公里。当年，闽西人民付出鲜血和生命的代价，让这条交通线安全畅通达5年之久，为中国革命发挥了重大作用。这条秘密交通线，使多少共产党人从白区进入苏区，与战友们团圆哪！

土楼上的圆月，见证过这样一段历史。在纪念馆里，讲解员给我们讲了这样一个故事。当年，秘密交通线上的一位交通站负责人卢伟良送500块银元到南方一处地方。他冒着九死一生的危险，把500块银元用布条绑在身上，化装成浑身臭气熏天的乞丐，突破国民党的层层封锁线，完成了党交给他的任务。到达上海后，因为银元绑得太紧太久，当撕开布条取下银元的时候，银元已与皮肉紧紧粘贴在一起……讲解员说，当时一块银元可买一头牛，按照今天的价格核算，卢伟良当年背负的是上千万元的巨款。当时，没有任何人监督，全凭着坚强的党性和对革命的坚定信仰。

在伯公凹交通站，与这轮圆月一样明亮的，还有一盏伯公灯。伯公凹地处闽粤交界处，位于龙岩市永定区城郊镇桃坑村，与广东省大埔县茶阳镇党坪村相距不过百米。伯公凹四周全是荒山野岭，因其特殊的地理位置，成为交通线上非常重要的交通站。山坳上，有一座小小的伯公庙，庙里也常年亮着一盏油灯。油灯虽然没有专人看管，却总有村民为其剪芯添油。这盏灯，曾是当年交通员的信号灯。当年，交通员们只要在深山老林里，看到山坳口依稀闪烁的灯火，就知道是伯公凹快到了！

1931年，一位重要人物从上海出发，经秘密交通线前往中央苏区。12月17日，这位重要人物历经磨难，来到了伯公凹。当时的交通员邹端仁连忙让妻子赖三妹为客人烧热水烫脚缓解疲劳，还非常热情地炖了鸭汤款待客人。第二天，客人临走时掏出3块银元给赖三妹，说留给她贴补家用。后来，她才得知这位化名少山的同志就是周恩来。此后，无论家里如何困难，她都舍不得用这3块银元，并将其当作传家宝世代相传至今。2017年，邹家的第四代传人邹广敦将银元无偿捐赠给了历史博物馆。

土地革命战争时，伯公凹的邹氏家族贫穷至极。但他们又是富有的：从 1930 年开始到红军长征前，伯公凹交通站传送了大量的党中央与苏区往来的秘密文件，并成功输送 6000 多担中央苏区急需的物资和大量经费，其中有当时非常珍贵且价值不菲的食盐、布匹、药品、印刷机、军需用油、电台等等。伯公凹交通站出色地完成了党交给的任务，用秘密交通员的血肉之躯铺就了通往中央苏区的生命线、保障线。他们也为此做出了巨大的牺牲，仅邹广敦家里，就牺牲了 7 位前辈。如今，一部叫作《信仰》的话剧正在永定上演，就是根据伯公凹交通站的事迹改编的。

土楼的圆月，静静照耀着人间，从过去到今天。在这样的月色中，我们不应该忘记过去，不能忘记为了后代的团圆而英勇献身的先烈们，是他们使我们拥有今天的幸福生活。夜色中，我再次举头凝望土楼上的圆月，仿佛看到那条红色交通线，在月光下向我们的内心深处延伸。

先辈的旗帜

浙江有个淳安县，淳安有个中洲镇，中洲有个茶山村。茶山村是一个一眼望两省（浙江和安徽）、一脚踏三县（浙江的淳安县和安徽的休宁县、歙县）的小山村，几十户人家聚集在半山腰上，从山脚下望去，村庄就像一面旗帜，在白云和青山绿水间飘扬。

清明节前，我来到这个红色小村，寻访方志敏烈士的事迹时，第一眼就感觉到茶山村像一面旗帜，几间见证历史的红色建筑，就像红星闪烁于旗帜之上。

茶山之所以被称为"红色茶山"，是因为这里是一个历史的转折点，这里的山山水水见证过一个历史的时刻。80多年前，这里飘扬过中国工农红军北上抗日先遣队的火红军旗。1934年7月，中国工农红军北上抗日先遣队肩负着掩护红军主力部队实施战略转移和北上抗日的使命，转战福建、浙江、江西、安徽四省的国民党统治区，历时6个多月，行程5000多公里，书写了可歌可泣的浴血奋战的诗篇。

顺着石阶攀缘而上，我来到了敦睦堂，这是村里方氏家族的宗祠，也是召开茶山会议的地点。在这个比较典型的徽派建筑里，我看到了召开茶山会议时的古桌。桌子上摆放着出席会议的人员的姓名牌，这些都是中国革命史上的著名人物：红十军团军政委员会主席方志敏、军团长刘畴西、政治委员乐少华、参谋长粟裕、政治部主任刘英……1935年1

月 9 日晚，这些屡经血战、衣衫单薄的革命者，在刺骨的寒风中召开会议，讨论在国民党军队的重重包围和紧追"围剿"的险恶情况下，红十军团的下一步行动方向。对于红十军团来说，这是一次十分关键的会议。部队刚刚经历谭家桥血战，伤亡惨重，虽然大家革命的士气高昂，却与敌人兵力悬殊，处境十分危险。根据中央的电报指示和当时的实际，有的同志主张化整为零，变正规军为游击队、变正规战为游击战，以摆脱困境，并提出了具体方案。经过反复讨论，会议最后决定，全军南下回闽浙赣苏区暂作休整，然后再执行中央关于分兵的命令。

从敦睦堂继续向上，我来到了方志敏同志住的那间小屋。小屋分两层，楼下住的是警卫人员，方志敏同志住在二层。简陋的小屋内，最大的亮点就是一扇古朴的小窗。打开窗子，白云在耳畔生风，青山尽收眼底。当年方志敏推开这扇窗子时，是否眺望到了今天这个和谐美丽的山村？

茶山会议后，红十军团进入江西境内，在途经怀玉山区时，遭到国民党军队的重重包围，虽 7 次突围，终因敌众我寡而失利。方志敏也于 1935 年 1 月 29 日在高竹山被俘。他身陷囹圄，被敌囚于南昌国民党驻赣绥靖公署军法处看守所。他大义凛然，继续在狱中与敌抗争，严词拒绝敌人的反复劝降，实践了自己"努力到死，奋斗到死"的誓言。1935 年 8 月 6 日，方志敏同志被秘密杀害于江西省南昌市下沙窝，年仅 36 岁。

在狱中，方志敏写下了《清贫》《可爱的中国》等不朽的篇章。这些浸染着革命先烈热血与精神的文字，是我们必须仰望的精神旗帜。在《清贫》中，方志敏写道："清贫，洁白朴素的生活，正是我们革命者能够战胜许多困难的地方！"在《可爱的中国》一文里，他深情地告白："假如我还能生存，那我生存一天就要为中国呼喊一天；假如我不能生存——死了，我流血的地方，或者我瘗骨的地方，或许会长出一朵可爱的花来，这朵花你们就看作是我的精诚的寄托吧！"

走出方志敏住过的小屋，院中有一股清泉从山顶淙淙流泻。我手捧清泉喝了一口，泉水是那样的甘洌清甜。我知道，这清泉中饱含着革命先烈的精神滋养，所以才会如此甘甜！

茶山村是一个如此独特的地方，它让我触摸到了历史的体温，感受到了猎猎飘扬的精神旗帜。有两件逸事，还值得一提。一次，淳安县举办纪念活动，请方志敏的女儿方梅女士出席。她已答应出席别的地方的相关活动，但当她得知茶山村的敦睦堂里，村民们在摆放先祖灵位的地方摆放着方志敏烈士遗像时，感动不已，欣然决定参加淳安县的活动。当她来到茶山村，看到摆放在方氏宗祠大堂正中的父亲遗像时，热泪夺眶而出。

还有一件事，显示出历史的戏剧性和精彩之处。当年，紧追"围剿"红十军团最凶、给军团造成最大损失的，是国民党王耀武部。在谭家桥战斗中，红十九师师长寻淮洲壮烈牺牲。也是王耀武的这个旅，在怀玉山造成方志敏等军团主要领导被俘，红十军团仅有粟裕率领几百人突出重围。13年后，解放战争时期，华东野战军发布粟裕、谭震林等联合署名的《济南战役政治动员令》，明确提出"打到济南府，活捉王耀武"的响亮口号。1948年9月16日，济南战役打响。人民解放军以排山倒海之势，浴血奋战，仅8个昼夜，就将红旗插遍济南城，生俘了守将王耀武。

清明时节访茶山，留下的都是鲜明的记忆。可以告慰先烈的是，在当年他们浴血奋战、流血牺牲的地方，如今已经是一片欣欣向荣的景象。当年十分贫穷的淳安，已经成为国家重点生态功能区，走出了一条"绿水青山就是金山银山"的特色发展道路，呈现出绿意更益然、美景不胜收、发展逐浪高、面貌日日新的崛起之势！

回到北京，四月飘雪。在大雪中回望茶山，我看到一面火红的精神旗帜在猎猎飘扬，高于飘雪的天空，高于一切群山和流逝的岁月。

写于 2018 年

青 春 之 城

"延安，你这庄严雄伟的古城，到处传遍了抗战的歌声……千万颗青年的心，埋藏着对敌人的仇恨……无数的人和无数的心，发出了对敌人的怒吼。士兵瞄准了枪口，准备和敌人搏斗。"这首当年传遍祖国大地的《延安颂》，唱出了中国青年的抗日决心和豪情。

全民族抗战爆发前后，延安涌入了几万名年轻人，使这里成了青春之城，也成了希望之城。在延安，青年们在中国共产党的领导下，高举起抗日救亡的旗帜，担当起民族独立与人民解放的重任。

如何看待这些青年？在延安，深有历史远见的中国共产党，十分关怀和重视中国青年运动的发展，始终把青年看作推动历史发展和社会前进的重要力量，始终把青年运动置于党的领导之下。

要取得抗日战争的胜利，就要建立广泛的抗日民族统一战线。为此，1936年11月，党中央把青年运动的主题，确定为吸引广大青年参加抗日救国的民族统一战线。

为团结各界青年抗日，党中央做出了改造共青团的决定，把这个先进青年的共产主义组织改造成为广大青年群众的抗日救国组织。陕甘宁革命根据地的各级共青团，自下而上地建立了各级青年救国会。这一决定，动员和组织了广大爱国青年投入抗日救国的民族解放斗争，使青年运动出现了崭新的局面。

　　"七七事变"后，成千上万的青年纷纷走上抗日前线，全国青年抗日救国运动风起云涌。为了进一步发展和加强全国青年运动，集中统一对各青年团体的领导，1938年5月，党中央和毛泽东决定建立青年工作委员会，由当时中共中央组织部部长陈云兼任中央青委书记。这样，全国青年的抗日救国运动有了党的统一领导。

　　为进一步号召和团结全国青年担负起民族解放和抗日救亡的任务，1937年4月12日，西北青年救国第一次代表大会开幕典礼在延安中央大礼堂举行。毛泽东等到会讲话。大会决定成立西北青年救国联合会，通过《全国青年救国纲领》草案及章程。

　　1938年4月15日，《新中华报》发表了毛泽东为西北青年救国联合会成立一周年的题词："青年是抗日战争的生力军，目前青年团体的任务是团结全国一切阶层的青年男女，大批地走上抗日战争的战场去，充实正规军的战斗力，发展广泛的游击战争。在后方的青年人，也是一切为着战争胜利而工作。中国的解放主要依靠青年人。"

　　在党的领导下，陕甘宁边区和其他抗日根据地乃至全国的青年抗日救国运动蓬勃开展。

　　1939年3月18日，西北青年救国联合会决定把5月4日作为其成立纪念日，并向全国青年提议，定5月4日为中国青年节。

　　为纪念五四运动和宣传中国青年节，陕甘宁边区开展了声势浩大的宣传活动。

　　4月28日，中共中央机关报《新中华报》刊出"五一、五四纪念特辑"，刊载了胡乔木《纪念中国青年节与国民精神总动员》，艾思奇的《五四文化运动在今日的意义》和冯文彬作词、吕骥作曲的纪念五四青年节的歌曲。5月1日，中共中央机关刊物《解放》周刊登载了毛泽东撰写的《五四运动》一文，他希望全国青年"到工农民众中去，变为工农民众的宣传者和组织者"。

1939 年 5 月 4 日，延安各界青年在中国人民抗日军事政治大学第五大队坪场举行纪念五四运动 20 周年暨首届中国青年节大会。会议选举毛泽东、朱德、林伯渠、宋庆龄等 10 人组成名誉主席团，冯文彬等 23 人组成大会主席团。大会上，毛泽东作了关于青年运动的政治方向的讲话，这个讲话编入《毛泽东选集》时题为《青年运动的方向》。毛泽东指出，抗日战争时期中国青年运动的正确方向，就是做"抗日救国的先锋"。为了确保这个方向，毛泽东提出的重要原则是"和广大的工农群众结合在一块"。

毛泽东刚作完讲演，几位青年高擎火炬进入会场，全场起立欢呼。他们跑步绕场 3 周，然后到主席台前向毛泽东敬献锦旗，锦旗上书写着"新中国的火炬"。会后，还举行了欢乐的篝火晚会。

多年之后，当年在延安鲁迅艺术学院任教的诗人萧三写了一篇《我怎样到鲁艺》的文章，回忆起青年人那一天的欢乐："晚色已经涂上了清凉山、宝塔山……场中几处却燃烧着熊熊的野火，照得通红。""已经晚上十点多了……在回鲁艺的路上还听得见场中的歌声和看得见那里的火光。"

在抗战期间，党中央十分注重引领青年思想，用党的理论武装青年，引导青年听党话、跟党走，努力成长为党和国家事业的合格建设者和可靠接班人。

中国共产党到陕北后创办了安吴战时青年训练班。这个班，就是要在短时间内教授青年各种最低限度的军事、政治、纪律知识，然后投入到抗战中去。安吴青训班学员们的日常生活和学习安排全部实行军事化管理。从 1937 年 10 月到 1940 年 4 月，青训班共办了 14 期，培训了 1.2 万多名学员，先后组编了 127 个连（队），成为青年抗战的"人才大本营"。

安吴青训班筹办中的两件事，体现了党的领袖对青年培训工作的高度重视。

当年筹办安吴青训班困难重重。要办下去，最大的问题就是经费。办一期，最节约也要 200 元。在那个时代，对于党中央来说，这钱也是个不小的数目。大家正在为经费发愁的时候，毛泽东说，这钱应该花，青训班不仅要办下去，而且要大搞。

在办学中，青训班遇到了缺少优秀教员的问题。当时负责办班的中共中央青年部部长、西北青年救国联合会主任冯文彬在抗大物色了两名教员。他找到当时抗大的教育长罗瑞卿，结果罗瑞卿不同意放人，说抗大正在飞速扩大，自己的教员也不够用。

冯文彬一想，只能去找毛泽东了。当面请示时，毛泽东批了一个条子，上面就是 7 个字：罗瑞卿同志，照办！

抗大第四期正式开学后，由于来延安的青年学生人数猛增，这一期学员达到 5000 多人，几乎是前几期学员人数的总和。他们中的大多数人，是从西安徒步来到延安的。

毛泽东对这些知识青年非常重视，亲自担任抗大教育委员会主席。他对抗大的各级负责人说：这批革命青年千里迢迢来到延安不容易呀！从西安到延安走了 800 里，这就是一个考验，政治上不坚定是走不到的。

从 1936 年 10 月到 1945 年 2 月，毛泽东到抗大、陕北公学、中央党校、鲁艺等学校，给青年们授课、讲话和作报告 100 多次，还多次为学校题词。他为抗大题词"坚定正确的政治方向，艰苦朴素的工作作风，灵活机动的战略战术"，成为抗大的教育方针。周恩来、刘少奇、朱德、陈云等也经常到干部学校讲课、作报告。

在延安，党中央和毛泽东对青年无比关怀和爱护，寄予殷切期望。他们积极参加青年的一些重要会议和组织活动，亲自给青年作报告，撰写文章和题词，热情真诚地同青年交往，做青年朋友的热心人、知心人、引路人。

1938 年 4 月 9 日，毛泽东在抗大第四期第三大队开学典礼上的讲话《在抗大应当学习什么?》中指出，学员来抗大学习，"不是为了自己，而是为了全国四万万五千万同胞，不是为了自己的家，而是为了四万万五千万同胞的家，牺牲一切。所以第一个决心是要牺牲升官，第二个决心是要牺牲发财，第三更要下一个牺牲自己生命的最后决心!"

毛泽东十分注意对青年的培养，甚至连青年们上课学习时的讲义和教材都亲自撰写、亲自审定。

抗战进入相持阶段，毛泽东来到抗大给师生们作报告。毛泽东说：我们是长期战争，总归要打下去，一直到胡子白了，于是把枪交给儿子，儿子的胡子又白了，再把枪交给孙子，孙子再交给孙子的儿子，再交给孙子的孙子，日本帝国主义倒不倒? 不倒也差不多了。

毛泽东用生动的语言点出了年轻人努力的方向，那就是长期奋斗，坚持到最后胜利。

紧跟中国共产党，去打抗日持久战，建立一个光明的中国，成为那个时代青年的强烈心声。延安，青春之城，希望之城。巍巍宝塔，秀美延河，因为有了那一代青年的奋斗而变得光彩夺目。

渡 口 涛 声

榆林有个吴堡县，吴堡有个川口村。不要小看这个黄河西岸的小小村落，它曾见证了一段波澜壮阔的革命历史。

1948 年 3 月 23 日，毛主席率领中共中央前敌委员会和中国人民解放军总部，来到了这里。

这个村，是毛主席转战陕北的最后一站。从这里，毛主席东渡黄河，一路经山西、河北，最后到达西柏坡村。就在这段时间，人民解放军转入全国规模的战略进攻。一年多后，中华人民共和国成立。

大河之所以被称为大河，是因为它的厚重历史与深沉气质。黄河养育了中华民族的先民，见证了数千年历史的沧桑。它是深沉的，在大多数河段，波浪都隐藏在平静的水面之下，涛声也都回响在浪花之间。不走近黄河，你甚至听不到它充满激情的流淌之声。

黄河的神奇，在于它总在平静之处，激荡历史风雷。

中共中央党史研究室推出的《中国共产党的九十年》一书里，收录了一张毛主席从陕北吴堡川口东渡黄河前往华北解放区的珍贵历史照片。从照片上看，毛主席坐在渡船上，背后是看似平静，实则暗藏波澜的黄河。

1947 年，也就是毛主席东渡黄河前一年，国民党军队投入胡宗南等部 25 万人的兵力，向延安发动突然袭击。随后，党中央主动撤离延安，开始了艰苦的陕北转战。而仅仅一年之后，战争形势就发生了根本改变。毛主席等率领中共中央和解放军总部主动撤出陕北，向华北解放区转进。

历史选择了川口村。因为党中央的东渡，这里成为一个著名的渡口。

1948 年 3 月 23 日下午 1 点左右，中共中央机关和中国人民解放军总部部分人员开始东渡黄河。

开始东渡了！历史在这里凝聚，波涛仿佛翻卷着岁月。大约二三十分钟后，渡船到达了黄河对岸——山西省临县碛口镇高家塔村的一处滩头。

凝视着河对岸，毛主席深情地说，陕北是个好地方。

这句话，为中共中央在陕北的 13 年画上了一个圆满的句号。

今天，在渡口旧址处，一座毛主席东渡纪念碑高高矗立。纪念碑高27 米，象征中国共产党从 1921 年成立至东渡黄河时的 1948 年整整 27 年浴血奋战的历史。一座占地 100 多亩的纪念公园也已建成，成为陕北一个重要的红色旅游景点和爱国主义教育基地。两岸之间，高原丘陵沟壑耸峙，一条大河奔流不息。不远处，一座跨河大桥连接起黄河两岸。一条新修建的沿河观光公路，使人们前来接受红色传统教育更加便捷。

在毛主席东渡黄河纪念公园入口处，有一座纪念雕塑，生动再现了毛泽东、周恩来、任弼时等老一辈无产阶级革命家东渡黄河的场景。雕塑中，毛泽东伫立在船头，目光坚定地眺望着远方。"东渡号"纪念船破浪前行，寓意中国革命从一个胜利渡向另一个胜利。警卫员和船工也都精神抖擞，彰显出人民的伟大力量。

驻足于主雕塑周围的 16 块铸铜浮雕前仔细品读，对我来说，是一次历史熏陶和精神洗礼。这些浮雕集中塑造展示了党中央在陕北 13 年间的运筹帷幄和丰功伟绩，其中既有指挥革命战争的历史场景，也有转战陕北的难忘历程，还有同陕北人民同甘共苦的动人画面。

在渡口看黄河奔流，我感受到一种心灵的震撼，思绪也随之奔涌。

黄河之水沉稳而迅疾地向下游流淌，在吴堡丁家湾乡拐上村河段迸发出惊天的力量，形成了天下黄河第二碛，水流湍急，风起云涌，涛声如雷。

再往下游流淌，就有了壶口瀑布，把"黄河之水天上来"的磅礴气势演绎到极致。

在壶口，再去回味吴堡县川口村渡口的涛声，就会发现那涛声中充满了平静的韵味。正如毛主席东渡黄河，将中国革命在悄然间渡向了一个新的起点……

第三辑　面孔

一生中最美的一首诗

1997 年，给我印象最深的两种意象是暴雨和紫荆。

我 1995 年 7 月从解放军南京政治学院毕业后，有幸被选调到刚刚组建完成的中国人民解放军驻香港部队，成为香港回归祖国的亲历者。

到驻港部队报到时，我第一眼就看到了营区里盛开的紫荆花。美丽的紫荆花呀，从那一刻起，就仿佛铺满了我全部的青春岁月。

1997 年 6 月 30 日，中国人民解放军驻香港部队进驻香港欢送大会在深圳同乐军营隆重举行。那一天，雨后的深圳天气格外晴朗。人们脸上那种扬眉吐气的感觉，让人终生难忘。那一天，我一直凝视着营区里盛开的紫荆花。我想，雨后滴着水滴的紫荆花，凝聚了多少历史的目光，凝聚了多少美好的祝愿，凝聚了多少中国人喜悦的泪水！

历史的时针终于指向了 1997 年 7 月 1 日零时！当时，我们在营区里已做好了开进的准备。在 7 月 1 日零时那个神圣时刻，我从电视里看到了五星红旗在香港上空冉冉升起的镜头，禁不住热泪盈眶。我含着热泪，听着中华人民共和国国歌奏响。国旗之畔，香港特别行政区区旗也同时徐徐升起，犹如紫荆花迎风怒放。是呀，我们的祖国强大了！作为中国人民解放军的一员，作为主权的象征进驻香港，这样的机遇，此生难再有哇！

1997 年 7 月 1 日拂晓，我们奉命从各个集结地出发，乘坐 400 多台车辆，在陆路分三路向深圳南部的文锦渡、皇岗、沙头角口岸前进。我是从文锦渡口岸进驻香港的。

就在我们即将进驻香港的时刻，突然下起了瓢泼般的大雨。我心潮起伏，思绪万千，心情和这大雨一样久久无法平静。我想，这是一场悲愤之雨，要洗刷香港150多年来蒙受的耻辱！但这又是一场喜庆之雨，在这场大雨之后，香港同胞就会迎来一个崭新的时代！

大雨没有冲掉人们欢送子弟兵的热情，深圳皇岗口岸前的空地上，成千上万的深圳市民自发冒雨欢送子弟兵进港。风雨中，我从人们一双双不停挥动的手中，看到了真情的分量，也感到了祖国和人民沉甸甸的期待。据说，这一天，自发为我们送行的深圳市民有20万人！

激动人心的时刻一秒一秒地临近。各纵队、各梯队的指挥员纷纷抬起手腕对表。当时针指向6时整，装甲车、卡车、吉普车的引擎齐声轰鸣。东起深圳沙头角，西至蛇口妈湾的长达几十公里的弧形方位上，人民解放军进驻香港的身影永远留在了历史的记忆之中。

凌晨6时，人民解放军驻香港部队陆军左路摩托化车队，隆隆驶过举世闻名的"中英街"北侧的沙头角口岸，向新围军营进发。时针指向6时25分，部队安全顺利抵达新围军营。这是驻港部队陆军主力最早抵达香港军营的部队。凌晨6时许，香港驻军主力部队中路纵队第一辆运兵车，冒雨越过深圳河。此刻，一辆绿色东风牌运输车上，"大渡河连"连长徐继涛通过车载电台引导着连队进驻香港。车上"八一"军旗迎风飘扬，21名手持步枪的士兵形如雕塑态如钢，风吹雨打中尽显风采。

"有谁能够描述这样一个时刻，当旌旗猎猎，马达轰鸣，舰艇劈波斩浪，戎装严整的战士披着晨曦和雨水，跨过那一道尘封已久的界线。这是历史的一步哇，为了跨出这一步，中国人用了一个半世纪的时间！"当时，我在心中写下这样的诗，记录着暴雨中我澎湃而激越的心情。

7月1日凌晨，深圳妈湾码头彩灯闪烁、鼓乐齐鸣，深圳市民在这里举行盛大仪式，欢送驻港部队海军舰艇编队启程。出发了！4 时 36 分，编队解除了最后一根缆绳，由新型导弹护卫艇、巡逻艇、交通艇等 10 艘艇船组成的驻香港部队海军舰艇编队沿龙鼓水道、汲水门、青马大桥向香港进发。行进的编队在深圳湾里犁开一道银色的波痕，周围的许多船只竞相鸣笛向编队致意。临近香港海域时，天上下起了大雨，编队在大雨中破浪前进，6 时整，第一艘导弹护卫艇"771"进入香港水域。不久，编队顺利驶入维多利亚海湾，停泊在这里的许多船只也向这支神圣的舰艇编队鸣笛致敬。信号兵用国际信号向香港人民发出了来自祖国的亲切问候："香港，你好！"沿途有不少记者和群众搭乘的船只，官兵们伫立在甲板上向群众挥手致意。7 时 24 分，这是一个历史性的时刻。第一艘导弹护卫艇，最先靠上了香港昂船洲的海军基地码头！缆绳手准确无误地将缆绳抛上码头，护卫艇便牢牢地固定在码头上。这是多么神圣和富有诗意的一缆，缆绳抛出的弧线间似有风云激荡——那是历史的风云。

驻港部队空军部队进驻的时间比预定的要略晚些。8 时 08 分，暴雨初歇，机场上空的天气好转。驻港部队的 6 架战鹰立即成编队迎着乌云起飞，直奔香港石岗机场，几分钟后，只见元朗区方向上空的乌云逐渐裂开了一道"口子"，就像守城的士兵打开城门迎接凯旋的将士一般。开进！8 时 15 分，6 架直升机编队穿云钻雾，鱼贯跟进，潇洒地飞越深圳河上空，飞越元朗上空，仿佛飞越了 150 多年的漫长时空。此刻天上飞行的战机，分明是一排搏击云天的雄鹰，它们用响亮的声音告诉世界：香港神圣领空是中国主权不可分割的一部分！

1997 年 7 月 1 日的香港，国旗、区旗、紫荆花交相辉映，香港的历史在滂沱大雨中翻开了新的一页。中国人民解放军的历史上，也留下了和平进驻香港的历史篇章。这一天，作为我一生中最难忘的经历、最盛大的节日，将永远留在我的记忆之中。我把自己亲身经历的中国人民解放军进驻香港的过程，视为我"一生中最美的一首诗"。我也经常想，如果没有祖国的强大，如果没有中国改革开放的巨大成功，如果没有一支作风过硬的人民军队，就不会有香港回归祖国这一载入史册的宏伟诗篇。

诗 意 行 动

　　一个作家常被别人问到自己的代表作。也总有人问我：作为军旅诗人，你最满意的作品是什么？我会回答，自己最满意的作品不是哪篇具体的文字，而是一次最具诗意的"行动"。

　　20 多年前，我是中国人民解放军驻香港部队的一员。1997 年 7 月 1 日，我亲身经历了香港回归祖国、中国人民解放军进驻香港的神圣历史时刻。我和我的战友们，用青春作笔，用汗水着墨，写下了自己一生中最美的军旅诗。

　　这首诗，最核心的意象是五星红旗。1997 年 6 月 30 日午夜，我的战友谭善爱用洪亮的声音告诉参加中英两国军队防务交接的驻港英军官兵："你们可以下岗，我们上岗！"7 月 1 日零时，驻香港部队先遣人员在香港 14 处军营同时升起了鲜艳的五星红旗。这是多么令人激动的时刻！永远难忘这幅极具象征意义的画面：经过 150 多年的风风雨雨和历史沧桑，香港终于回到了祖国的怀抱。这迎风飘扬的五星红旗，多像我们亲手升起的美丽朝霞！

　　这首诗，最美的意境就是震撼人心的进驻场面。7 月 1 日凌晨，驻香港部队地面部队数千名官兵奉命从各个集结地出发，乘坐 400 多台车辆，分三路向深圳南部的文锦渡、皇岗、沙头角口岸前进。6 时整，装甲车、卡车、吉普车的引擎齐声轰鸣。中国人民解放军在陆路分三路向香港进发，东起深圳沙头角，西至蛇口妈湾，在长达几十公里的弧形方位上，中国人民解放军进驻香港的身影永远留在了历史的记忆之中。几乎与此同时，驻香港部队舰艇大队和航空兵团的舰艇、直升机，分别从海上和空中进入香港。那一天，旌旗猎猎，马达轰鸣，战机展翅，舰艇劈波斩浪，我和战友们披着晨曦和雨水，完成了最美的吟唱。这样的历史场景，又有哪一首诗能够描绘得出来呢？

这首诗，最有激情的韵脚就是那场大雨。在我们进驻香港之际，雨越下越大。滂沱大雨，就像战士们的激情一样挥洒天地。战友们都说，下吧，下吧，这是洗刷百年国耻的大雨呀！雨水再大，也阻挡不住中国人民解放军前进的脚步！在文锦渡口岸，我开着一辆草绿色的卡车，越过桥上的粤港分界线时，蓦然感觉到一股神圣的暖流，不禁流下了激动的泪水。泪水和雨水交织，就像诗的韵脚，应和着中国军人的自豪。

7月1日8时37分，整个进驻过程圆满结束，这首具有历史意义的"军旅诗"胜利完成了！添马舰、石岗、昂船洲、赤柱等14座军营里，高高飘扬的五星红旗下，战友们持枪昂然挺立，海军舰艇开始执勤，空军直升机昂首待飞。冒雨进驻的三军将士，不顾疲劳，开始忠实履行香港的防务职责。

一天有1440分钟，86400秒。1997年7月1日这一天，对于我们来说，每一分每一秒都是神圣的。我切身感受到了那一天里86400次蓬勃跳动的神圣。驻香港部队的军人，每个人都是一部历史，记载着百年岁月的沧桑；每个人都是一道闪电，在7月1日那个神圣的时刻，发出最灿烂的光辉。

谁的生命中拥有了这样的一天，谁就会自豪一生。1997年7月1日的神圣进驻，就是我"书写"过的最美的一首诗。一日长于百年。这首最美军旅诗的韵律，足以让我用一生细细品味。

写于2018年

香港军营"大盆菜"

吃过很多次年夜饭，最难忘的是1998年春节那一次。

为什么难忘？因为地点特殊——"一国两制"条件下的香港；时间特殊——香港回归后的第一个春节；当然人物也特殊——我们这群中国人民解放军驻香港部队军人。

1997年7月1日，我作为驻香港部队政治部宣传处干事，和战友们一起冒着滂沱大雨进驻香港，亲眼见证了香港回归祖国那个庄严而神圣的时刻。很快，我们进驻香港后的第一个春节到来了。因为当时我是"单身干部"，连对象都还没有谈，就自愿让已成家的同事们回家过节，快乐地担负起在军营"守岁"值班的任务。

第一次在香港过年，还真是感觉很新鲜呢。香港是时尚之都，也是节庆之都。香港的春节，可以说是"中西合璧"，既有中国韵味又具西方特色。比如，既有传统的花车巡游，也有美丽壮观的烟花汇演；既有传统的年宵花市，也有内地没有的"新年赛马"。用一句形象的话来讲，在香港过年，年轻人觉得挺古典，老年人感觉很新潮。

民以食为天，军人也不例外。我们最关心的，还是除夕之夜吃什么。这个话题，我们年前就开始讨论了。政治部副主任赵亮说："吃饺子？"他的话刚出口，就被大家否决了："我们这是在香港，怎么也得跟内地吃得不一样啊！"宣传处干事梁波在一旁深沉地说，香港人年夜饭喜欢吃"发菜蚝豉",象征着"发财好市"。我插嘴说:"别想了,这些东西光听过,没见过,到哪儿去找原材料哇!"这时,大家七嘴八舌,有提议吃年糕的,但也因为"创意不佳"被否决了。

"吃大盆菜吧!"战士王晖有了新的提议。他说,香港地道的大盆菜,由一层层不同的食材堆叠而成,有猪肉、鸡肉、海鲜和蔬菜等,找到一个大盆,层层摆好食材,再放到灶台上蒸。热气腾腾,象征战友情;围在大盆周围,象征团圆幸福,多适合战友共享啊!

大家都说这个提议好。食材都有,切实可行,关键是寓意也好。大家聚在大盆周围,不就可以吃上真正意义上的"团圆饭"了吗?

除夕那天的夜幕刚刚降临,我们就开始忙着分头准备了。有准备食材的,有刷洗大盆的,有自告奋勇"码菜"的。终于,大盆被架到了英式的燃气灶上。因为我们进港后接管的是驻港英军的营房,所以灶具都是英式的。炊事班的战友们也被我们这个创意吸引了,自愿加入到制作"大盆菜"的"创举"中。准备工作完成后,大家都瞪大眼睛,盯着锅上慢慢升起的蒸气,畅想着舌尖上的美味。

"大盆菜"终于做好了!我们七八个战友围坐在大盆周围,一边品尝着自己亲手做的美味,一边凝望着窗外维多利亚港璀璨的灯火,这是一个多么不同于往昔的除夕之夜呀。"哎哟,怎么这么辣呀!香港的大盆菜哪有这么辣的!"摄影干事顾国达是苏浙人,刚吃一口就叫嚷起来。原来,有个四川的战友,趁着大家不注意,往"大盆菜"里摆了一层辣椒!"哈哈!辣些好,进港后我们条件太好了,这是在提醒大家保持火辣辣的干劲!"一听这话,肯定是负责教育的干事何勤生讲的,把思想工作做到了餐桌上。

零点的钟声敲响了!战友们举杯相庆,相互献上最美好的祝福。我们深深懂得,虽然不能回家吃团圆饭,但有国才有家。我们为国守卫香江,用自己的青春和汗水维护香港的繁荣稳定,让香港和祖国的大家庭团团圆圆，这是多么大的光荣、多么大的责任哪！

那次团圆饭，我们吃得很香很香。我们回想起了为香港回归"一天当两天，雨天当晴天，黑夜当白天"所付出的辛勤汗水，回想起了进驻香港时群众的热情欢送，回想起了来到"东方之珠"后在陌生环境中树立起良好形象的点点滴滴……小"家"不圆大"家"圆。作为军人，虽然除夕不能和家人一起吃团圆饭，但我们无怨无悔；作为驻港部队的一员，在除夕之夜为已经回归祖国的香港"守岁"，更令我们自豪终生。

写于 2018 年

紫荆花下的哨兵

一

　　美丽的中环是香港最繁华的地方，在这里有一座造型别致的大厦。远远望去，这座大厦像一个巨大的酒瓶。这就是中国人民解放军驻香港部队大厦。这座大厦于 1979 年建成，是原驻港英军总部所在地。1997 年 6 月 30 日午夜，举世瞩目的中英两国防务交接仪式在这里举行。7 月 1 日零时，中国人民解放军正式接管了这座具有象征意义的建筑。大厦由原来的"威尔斯亲王大厦"，更名为"中国人民解放军驻香港部队大厦"。今天，驻香港部队作为国家主权的象征，日夜守卫在这里，给香港带来了和平与安宁。

　　来到大厦门口，执勤的哨兵吸引了我们：多么挺拔的军姿，多么庄严的神情！这是一个特殊的哨位。中环军营的哨位，被香港市民称为"香江第一哨"。这个光荣名称的由来，与香港回归这段永远载入史册的历史紧密相连。

　　1997 年 7 月 1 日零时整，鲜艳的五星红旗在香港中环军营升起，中国人民解放军驻香港部队顺利地实现了对香港的防务接管，开始履行自己的神圣使命，由此，中环营区的大门岗就成为一道美丽的风景，成为外界高度关注的"香江第一哨"。

守卫在这里的，是驻香港部队警卫连的官兵们。

部队进驻香港之后，香港市民首先正面接触的，就是哨兵。可以说，中环军营大门口的哨兵们，打开了一个"窗口"：从这个窗口里，香港同胞看到了中国人民解放军的形象。

这是香港媒体最早的一篇关于这个哨位的报道：约有几千名解放军正在驻守香港。虽然昨天的雨没有停过，但总有数十名市民拿着雨伞走到军营北面大门，一睹解放军的模样，市民都争相靠近，与那两名站岗的驻港解放军拍照留念。纵使市民在旁喧哗，但两名解放军丝毫不动，对市民好奇的眼光无动于衷。一名约10岁的小女孩问旁边的妈妈："他们是不是真人？"

这篇报道刊登于1997年7月初。那时候，香港人民对中国人民解放军还充满好奇。

二

中环军营北面，是世界闻名的维多利亚港。港湾里，游船如织。在军营周围，就是香港最繁华的地方。在这样的环境中站岗，驻港部队的哨兵们真的是站在了"大舞台"上。

站在这个"大舞台"边，我们听到的是一个又一个动人的故事。2000年8月的一天上午，旭日当空，微微的海风轻轻地拂在人们脸上。连长顾成军正在一丝不苟地检查哨兵履行职责的情况。这时，一辆豪华小轿车嘎的一声停在大门口，车上走下一位黄头发、蓝眼睛的外国人，他下车后在大门口张望着，眼睛盯住了旗杆上那迎风飘扬的五星红旗。

顾连长上前友好地打了一声招呼："Hello! May I help you?"（您好，需要帮忙吗？）外国人用生硬的汉语说："长官，你好。我是一位国

83

旗收藏爱好者，我所收藏的国旗中就差一面五星红旗了，你能不能把这面国旗卖给我？"说完用手指了指旗杆上的国旗，从口袋里摸出一把美钞，在顾连长面前扬了扬。

"No!"（不！）顾连长毫不犹豫地拒绝。他耐心地向这位外国人解释："国旗是我们国家主权的象征，哪怕你出再多的钱，我也不会卖给你，请你收回去吧。"外国人脸上露出不解的神情，张了张嘴，似乎还想说些什么，但看到顾连长那坚定的目光，摇了摇头，悄悄地上了车。临走前，他摇下了车窗的玻璃，冲顾连长竖起了大拇指。无疑，他感受到了这支军队并不崇尚金钱。

三

中环军营里开满了美丽的紫荆花，一片片的花瓣美丽极了，散发着沁人心脾的芬芳。紫荆花固然美丽，但更美的是驻港战士们的心灵。这是我们在香港采访驻港部队警卫连官兵时最深的感受。

在哨兵们的心中，祖国这个概念，是重于泰山的。和战士们聊天，战士都说，在站岗时，心中所想的，只有祖国的形象！

是的，警卫连的官兵们站在这样的哨位上，内心里充满了自豪。在闲暇时，和警卫连指导员李家浩聊天。他告诉我们说："哨兵们最看重的，就是形象。因为在战士们心中，这是关系到整个中国人民解放军形象的大问题。"李指导员对我们说，正是基于这种认识，官兵叫响了"当好表率，做好模范"的口号，把培养官兵的文明形象作为工作中的重中之重。官兵认真学习《香港驻军军人道德规范》《军人道德四字歌》《军人日常生活行为准则》《行业窗口服务条规》，形象意识扎根在每个官兵的心中。

官兵们告诉我们这样一件事：1999年冬天的一天，中环营区的官兵们准备迎接上级首长的视察。部队在大门口路上排成一列，等待首长的到来。不少记者也在大门外等"新闻"。那一天，门岗值勤站岗的是老战士胡月刚。胡月刚笔直地持枪站着。这时，一只马蜂在他头上飞来飞去，然后在他的脖子上猛蜇了一下。顿时，钻心的疼痛传遍了胡月刚全身。他的身体微微一颤，脖子火辣辣的，豆大的汗珠从他额头滚滚落下。但胡月刚咬紧牙关，站在那里纹丝不动，始终保持笔挺的军姿和昂扬的精神，一直到执勤完毕。

2003 年中秋节，时任香港特别行政区行政长官董建华的夫人董赵洪娉女士，率香港各界到驻港部队军营慰问时，专门提到在报纸上看到了这件事，深受感动，还专门请胡月刚上到主席台，当场送给他一枚纪念币。

四

更令我们感到自豪和欣慰的，是这群紫荆花下的哨兵所具有的现代文明意识。在这里，我们不止一次地听到这样的话：作为现代军人，就要有文明的素质。漫步在紫荆花下，我们常常可以看到官兵们刻苦学习的场面。警卫连里，时不时传出几句英语。课余时间，也经常见到战士们在自己床前学习英语。连长对我们说，几年来，连队每年都开办英语、电脑等培训班，有 300 多人参加了各类文化学习，100 多人拿到了国家承认的毕业证书。

指导员李家浩是本科生，他看到连队很多战士在课余时间喜欢看英语书，就向连队提出，让他在课余时间教大家学习英语。他利用晚上和休息时间认真备课。他由易到难循序渐进，备了十几节课。每周六安排一次英语课。每次教大家，他都一遍一遍地领读。一节课下来嗓子都哑了，但他不在乎。

一分耕耘一分收获。官兵们过硬的语言功底，在香港这样的国际化都市里确实能派上用场。2002 年 9 月，二班战士刘建军在哨位上站岗。这时，一位高大的外国人从包里掏出一张纸，向哨位走来。小刘很有礼貌地用英语对他说："我能帮助你吗？"这个外国人把纸递过来，原来是一张英文的香港地图。他用英语问小刘："天星码头怎么走？"小刘同样用英语回答他："向东走，过一条马路就到了。"这个外国人很高兴，连声说谢谢。小刘很有礼貌地说："祝你在香港度过快乐的时光。"

和战士们聊天，经常听到这样的故事。2002 年驻香港部队举行军营开放日活动前，市民们在中环军营门口排队领参观券。战士小卢在哨位上站岗，一位记者模样的人和一群市民来到他面前。记者模样的人说："听说你们驻港解放军人人都能说英语、粤语，请问你能用英语和粤语与我交谈吗？"小卢流利地用粤语回答了提问，并用英语向大家介绍了开放营区的路线和参观注意事项。市民们对小卢的出色表现报以热烈的掌声。

在这"香江第一哨"上，警卫连的战士们就是这样用文明的形象赢得了市民们的赞誉！夏天，许多市民自发地向哨兵赠送毛巾和遮阳伞，给他们擦汗和遮挡阳光。还有不少市民主动地询问能否把自己的孩子送到军营里接受"军训"。

2002 年 5 月的一天，一位香港市民和太太、女儿开车经过中环军营门口时，看到哨兵笔挺的站姿、英武的形象。一家人怦然心动，打开车窗，向哨兵招手。哨兵邹海涛见状，微微一笑。一家人停下车，让小女儿下车给哨兵邹海涛擦汗，然后问邹海涛："能不能跟你合个影？"邹海涛回答："对不起，合影不行，但可以将我们哨兵作为背景照相。"一家人听后，顿感亲切，高兴地照了张"全家福"。

五

据说，解放军进驻香港之前，市民们对驻军官兵是否遵纪守法曾心存疑虑。然而，我们在香港的所见所闻，处处都显示着一支守法之师的文明形象。

香港是高度法制化的社会，新闻传媒也高度发达。驻港部队的一言一行、一举一动都在相关法律的制约和舆论监督下。所以，警卫连的官兵们从进港的那天起，就把文明守法作为连队工作的重点。

遵纪守法，点滴养成，源于警卫连坚持不懈地引导官兵对法律知识的学习。针对香港特殊的环境和担负的任务，连队认真组织官兵们学习了《香港驻军人员法律指南》《香港驻军法律辅导》等10多种学习辅导材料，还制作了"学法、用法、守法"多媒体教学课件，让官兵们在形象直观的教学中学习到法律知识。通过每月一堂法律课、定期开展法律知识竞赛等一系列活动，加强了对官兵们的法律教育和行为引导。

警卫连的官兵们学法知法是标兵，用法守法更是模范。

我们了解到的，是一件又一件小事。然而正是这些小事，才真正体现出了"细节"的力量。中环营区内飞鸟成群，连队的晒衣场成了小鸟们经常光顾的地方。小鸟们还经常在战士们的床单和衣服上搞点"恶作剧"。当时有的战士建议把树上的鸟窝捅掉，把鸟儿赶走。但连队用香港的动物保护法来教育战士们爱护动物。平时，遇到受伤的鸟类，官兵们也总是精心喂养，待其伤好后再放回大自然。

这是一个被香港媒体广泛传播的故事。2001年7月19日下午，连长正组织官兵们在操场上进行队列训练。这时，有一大群鸽子正栖身在草地上觅食、打闹。突然，鸽群起飞了，飞上了蔚蓝的天空。"连长，快看!"在训练休息时，战士小李发现一只白色的鸽子留在草地上，扑腾着翅膀，发出咕咕的叫声。

连长连忙跑过去，双手捧起鸽子。这只鸽子翅膀上沾着一片血迹，顾连长仔细一看，原来是翅膀的骨头断了。"连长，这下可以补充一下营养了。"小李开玩笑说。"小李，我们要遵守动物保护法，自觉爱护我们身边的小动物。"精通法律的连长回答。连长把这只受伤的鸽子带回自己的房间，用药水给它洗伤口，还用棉纱布包扎。经过细心的照料，这只鸽子很快就自由地飞向了蓝天……

一点一滴的小事，汇成了驻港官兵文明形象的海洋。是的，这些日日夜夜守卫着紫荆花的战士们，把自己的青春和信念，奉献给了美丽的香江。

祖国和人民给了紫荆花的卫士们许多荣誉。进驻香港以来，连队年年立功受奖，连队党支部连续 5 年被上级评为"先进基层党组织"，4 次被驻香港部队评为"基层建设标兵连队"。仅几年时间，连队就先后有 30 多名战士考上军校，19 人荣立三等功，145 人被评为优秀士兵。

写于 2003 年

军营开满紫荆花

　　别墅似的楼群中间走出一队威武的解放军战士，他们穿过翠绿的橄榄球场一侧的小路进行晨练。远处，香港无线电视台的记者正在把镜头对准战士们的举手投足。

　　这是香港无线电视台对驻港部队的一次采访。记者的镜头最终停留在这样一个细节上：战士们跑步时，后面有两只可爱的小狗在跟着一起跑。

　　不要小看这个细节的价值。香港人特别注意保护小动物，所以细心的香港记者由此得出结论，驻港部队的官兵有爱心——连小动物都能与之和谐相处的部队是有爱心的部队。由此，记者们曾经听说过的发生在军营内的种种故事：军车给蟒蛇让路，战士给白鹭疗伤……也得到了可靠的佐证。

　　驻香港部队进港前，香港媒体曾做过一次调查，让市民评选出驻港解放军总部应当设在哪里，结果有80%的人认为应当在"新界"。

　　5年过去了。现在，即使一些过去对驻港解放军存有偏见的人，也不得不表示："驻港部队以自己的行动证明了秋毫无犯。"有这样一个最新的香港民意调查数字：5年来，香港同胞对驻港部队的满意率已从最初的30%上升到93.7%。

　　这是一种巨大的变化。

其实，这个大幅上升的比率所反映出来的正是港人对驻军的认识过程。这个过程说明港人不仅从内心接受了驻港部队，并且对整个中国人民解放军都有了全新的认识和了解。

香港的媒体一向是市民心态的"晴雨表"。香港媒体对驻港部队的报道大致划分为三个阶段，基本上记录了港人对这支军队从疑虑到观察、思考再到理解、信任的过程。

这支严守法律的部队很快赢得了媒体的好评。香港媒体纷纷发表评论：《解放军回归后获市民接受》《民意对解放军不安感比例锐减》……《新报》的一篇评论写道，从解放军进港以来的表现可以看出"绝对可以做到严守纪律、受人尊敬""彻底改变了香港人对解放军的偏见，值得内地人为他们自豪地立正鼓掌"。

驻港部队的哨兵是展示我军文明形象的"窗口"。不论是刮风下雨，还是炎热夏天，驻港部队的哨兵都如雕塑一般，站如钟，立如松，英姿勃发。如遇来客询问，他们说话彬彬有礼，有的还能用英语、粤语进行交流。

2001 年大年初四，香港一个有影响力的团体举行团拜会时，临时借用军营的操场停放车辆。这天，步兵旅装甲营二连副指导员李琦在营门口执勤。第一辆车里坐着一位英国人，是香港一名政要的夫人。李琦在核对车牌时用英语与她对话。她一高兴又用粤语交流，李琦随即改用粤语与她交谈。她更高兴了，一把掏出几个红包要给李琦与两位士兵，他们笑而拒之。这一天，有 89 辆车进出营门，李琦谢绝了几十人递送的红包。几天后，一位政府官员向驻军领导转来那位英国夫人的赞扬：驻港官兵能使用英语、粤语，了不起！既有礼貌，又不收钱财，更了不起！

我们来到位于港岛最南端的赤柱军营。没想到，在这个三面环海的军营里，竟然有两条公交车线路的终点站，每天有 80 多辆公交车要进入军营调头。一天下起了大雨，营门外有一老一少两个等车的市民，被雨淋得浑身湿透了。值班员唐耀忠见状，忙把他们请到门卫值班室里避雨。那个孩子冷得打了个寒颤，唐排长忙叫他换下湿衣服，擦干身体，又把湿衣服送到洗衣机里甩干。香港一家报纸报道了这件事，标题是《解放军真好》。

2000 年 4 月，一位香港大伯在新田军营内施工时腿被铁架划伤，哨兵梁益勇见到后二话不说，扶着老大伯赶到营卫生所。军医精心地为老大伯包扎、止血，还给他开了消炎药。这位老伯十分感动，拉住军医和梁益勇的手久久不放，说："香港回归前，我在营区里为外国人干活，被人瞧不起，今天我才真正感觉到家人般的温暖。"

春风化雨，润物无声。一点一滴的小事，汇成了官兵们文明形象的海洋。

驻港部队每年都组织军营开放日活动。香港市民在开放日可以走进军营参观，看解放军的军事表演、文体表演，和官兵们一起唱歌、打球、聊天。

很多市民就是在开放日里获得了香港稳定的信心。他们早就听说解放军武艺高强，如今终于目睹。在战术训练场，官兵们个个似小老虎，匍匐、跃进、翻滚、射击，一连串动作干净利落。障碍训练场上，官兵们一个个身轻如燕，飞越壕沟、矮墙，跃过独木桥、高板，令参观者惊叹不已，掌声雷动。60 多岁的王先生对在场采访的记者讲："解放军有这么好的本领，有他们在香港，我们一百个放心！"

时任香港特首董建华的夫人董赵洪娉女士每年都要组织妇女代表慰问驻军。在一次军民联谊会上，香港的一位乐队指挥问台下官兵谁可以上台指挥。没想到，有几十名官兵同时举手。六连战士许昆受邀后，很有风度地接过指挥棒，向台下的观众鞠躬致意，然后从容地对乐队讲："演奏贝多芬《第六交响曲》第二乐章。"台下的观众报以热烈的掌声。

慰问团中的向海岚曾在"香港小姐"评选中获得冠军，她由衷地称赞说："解放军很有风度，很有教养，要是香港评选'最有风度先生'，我肯定投他一票。"

身居香港，驻港部队积极参加香港公益事业，为香港市民无偿捐血、参加香港义务植树活动，以自己的实际行动赢得了香港市民的支持与爱戴。

有爱心，有文化，守纪律，战斗力强……在港人眼中，驻港部队的形象越来越清晰。

部队进港前，在军营物业管理公司上班的香港居民严先生听信谣言，担心个人自由和家业没有保证，全家移民到了海外。后来，他听说解放军文明礼貌，就产生了回来的想法。为了确保万无一失，他一人回到香港，先找在军营的物业管理人员打听情况，又隔着铁丝网观察了好长一段时间，最后放心地举家迁回香港。到公司上班那天，他感慨地说："邓小平'一国两制'方针伟大，解放军威武文明，百闻不如一见。"

紫荆花，花色紫红，形如蝴蝶，景色奇特，艳丽可爱，当叶子还没长出时，枝条上花已盛开，所以又称"满条红"。

紫荆花，是香港的区花。她已经成为香港的一个象征，永远留在香港特别行政区的区旗之上，也永远留在人们的记忆之中。

驻香港部队的军营里，开满了紫荆花。美丽的紫荆花下，上演着这么多温暖的故事，让我们珍藏在记忆中。

写于 2002 年

第四辑　花园

宽 窄 由 心

漫步于春光里，才蓦然发觉：春天比我们想象的来得更早。仿佛每一株植物、每一片叶、每一瓣花蕾里，都隐藏着一粒春天的种子，只要春风一拂，便迅速萌生出来、绽放开来、流动起来，谁也挡不住。

不禁想起自己多年前写的绝句《春日三题》之一："寒去冰融三月时，春风细漫杨柳枝。惊觉柔柯发嫩芽，方悔今岁觅春迟。"其实，寻觅春色是不会迟到的，每一天、每一时刻都会有新的发现。

散步间，对人生似乎又有了新的感悟。原野是宽的、大道是宽的，我在其间无碍前行；楼宇间的小巷是窄的、林间小道是窄的，我同样在其间无碍前行。

其实宽也好，窄也罢，都没有影响我的行进。因为人的躯体实在谈不上有多"宽"，只要宽度盈尺，就不会有大的障碍。即使遇到更窄的地方，只要不是死胡同，稍微侧侧身也是可以通过的。

于是，便想起了朋友圈里的一句话：人生除了生死，全是小事。还有一句：只要自己不趴下，没人可以把你打倒。

人生是有哲学意味的，"宽窄之道"便是其中之一。闻说成都有个宽窄巷子，虽没去过，但那里定是一个明智慧、养心性的所在。设想在这样的春光里，在宽窄巷子的树荫下，泡一壶竹叶青，品茗听风，虚度几日光阴，该是一件多么惬意的事。

　　近千年前，蜀人苏东坡曾与友人泛舟于明月之下，且饮酒乐甚，扣舷而歌。苏东坡与友人有一段对话，事关蜉蝣天地、沧海一粟，事关山间明月、江上清风，是具有人生真味的。从"变"与"不变"两个角度"而观之"的赤壁对谈，不正如宽与窄，成为感悟人生的两个维度吗？

　　其实，人生的宽与窄，生活的苦与乐，都是由心衡量的，都是由人把握的。人在成功之时，即是人生行至"宽"处时，这个时候不要被胜利所陶醉，不要被表象所迷惑，要多想一想人生的艰难与不易，这样才会保持清醒的头脑。

　　从另一个方面说，人在失败之时，即是人生行至"窄"处之际，这个时候不要被痛苦所左右，不要被挫折所吓倒，要多想一想人生之"宽"，想着所有的失败不过是向成功转折的契机。这样才会有"行到水穷处，坐看云起时"的旷达，才会有"山重水复疑无路，柳暗花明又一村"的开朗。

　　行进在宽窄之间，是人生的常态。宽与窄，并不是固定的，而是可以相互转化的。所以，在宽处要记得窄处的艰辛，在窄处要想到宽处的豁达。行在宽处不觉得宽，行在窄处也不觉得窄，是需要人生智慧的。

　　世界是有规律的，或者说是有"道"的。人生亦是如此，是有方式方法的，"宽窄之道"就是一条重要的方法论。老子说"有无相生，难易相成，长短相形，高下相倾"，宽与窄同样具有对立统一的哲学意涵。

　　说到方法论，还是联系自己的人生经验来说，似乎更显实在一些。关于人生的宽窄之道，这些年来，我的体会有三条。

　　一是待人要"宽"，对己要"窄"。这句话不难理解，说起来也很容易，但做起来是有一定难度的。我常常想，每个人都会有优点和缺点，要多看人家的优点，多理解人家的难处，让别人感到和你相处空间是宽的。

所以这些年来，在工作中我结交了很多朋友，却没有一位真正意义上的"敌人"。大家在工作上都是相互补台，没有相互拆台的。但对待自己，则要"窄"得多。古人讲每日"三省吾身"，大抵是不错的。

有一段时间里，我要求自己每天必须读多少书、写多少字，并且坚持了很多年。都说文人相轻，我则相反，没有"轻"过任何作者，对每一位作家都由衷地欣赏他们为人为文的长处。

这些年来，我从一名业余的写作者到加入了中国作家协会，并在2016年中国作协第九次代表大会时，成为第九届全国委员会委员。对别人宽，对自己窄，反而为自己赢得了更多的生存、发展空间，或许这就是生活的辩证法吧。

二是穷时宜"宽"，达时宜"窄"。此处的穷与达，与古人讲的"穷则独善其身，达则兼善天下"是一个意思。也就是说，在人生不得志的时候要对自己好一点，在得志的时候，则要对自己很严格。

年轻时，既无地位，更无名气，这个时候我对自己是很"宽"的。每次收到稿费，必下馆子美餐一顿。特别是遇到困厄之时，则待自己更好。世纪之交，我遇到了生命中一段灰暗的日子，主要是转换了工作岗位，工作上存在诸多不顺。

在这样的环境中，我反而待自己如上宾，每天游泳养生，每天写稿怡情。在此期间，我写下了后来获得"全军文艺新作品奖"二等奖的诗集《歌唱》，写下了获得"全军文艺新作品奖"三等奖的中篇小说《放牧楼群》。

逼仄之地，反而成为广阔空间；逆水行舟之际，反而成为人生精进之时。我想，大概是逆境时待己之"宽"的缘故吧。

担任领导职务、有了一定名气后，人生也就到了所谓的得志之时。

这个时候，一定要有清醒的头脑，对待自己一定要"窄"，无论是做人、做官、做事，都要格外小心翼翼。对待别人的赞美，也要有正确的判断。

我想，四川人巴金写下《随想录》之时，正值他人生得志，但他反其道而行之，待己异常之"窄"，写下那么多反思的文字，显然是得了"宽窄之道"的真谛。

三是思路需"宽"，行动需"窄"。军事学上有个名词叫侦察，是为查明敌情、地形和有关作战的其他情况而进行的活动。通过周密的地面侦察、空中侦察和海上侦察，经过综合分析判断，最后才会制订出对敌的行动方案。

人生亦是如此。比如，对于一位作家来说，书可以读得很"宽"，但写作一定要"窄"，写自己熟练的体裁，写自己熟悉的生活。做事之时，也是一样的。你可以预设很多种预案，想到很多种可能，考察方方面面的因素，但一旦定下来，就要找到"突破口"，一直坚定不移地做下去。

近30年来，我工作换了多种，职务也一直在变化，唯一坚持下来的就是读书与写作。这就是我所说的，行动需"窄"。人生需要漫游，更需要一个方向；视野需要开阔，更需要聚焦。把精力集中到一个方向上，好处是显而易见的。

我曾经讲过，任何一个业余爱好，只要坚持10年以上，必能使自己成为这个领域的专家。由于自己入伍近30年来，一直坚持业余写作，2016年金秋，我有幸出席了中国作协九大，并当选为中国作协第九届全国委员会委员。2017年2月，中国作协书记处研究并通过了军事文学委员会委员名单，我也忝列其中。这是多年之前开始业余写作时，自己从不敢想的。

春光里漫步，想起了成都的宽窄巷子，想起了苏东坡诸多描写春天的诗句。这看起来是偶然，其实也蕴含着必然。从宽窄巷子到宽窄文化，再到宽窄哲学、宽窄之道，实在是一个巧妙的连接。

天才诗人苏东坡，本在江浙一带任职，却因"乌台诗案"被贬到黄州，算是行到了人生的窄处，可他并不在乎，心是宽敞的。"回首向来萧瑟处，归去，也无风雨也无晴"——能写出这样的词，人生便无风雨和阴晴了。

苏东坡晚年时，因新党执政，更被贬到惠州、儋州，但他依旧平静地迎接命运的安排。在海南，他写下"我本海南民，寄生西蜀州。忽然跨海去，譬如事远游。平生生死梦，三者无劣优。知君不再见，欲去且少留"。

这样的诗句里，饱含着诗人人生的豁达、宽窄的平衡。这是一种非常练达浑厚的人生境界。

老子曾说过："吾所以有大患者，为吾有身，及吾无身，吾有何患？"成都的老话也说过："宽巷子不宽，窄巷子不窄。"在明媚春光里想起这些话、这些事，实在是妙不可言。

由此看来，"宽窄之道"不仅是成都的文化名片，也是一种对立统一的辩证哲学和人生境界。

人生是有境界的，没有了宽窄之分，便是人生的大境界。

高　　地

　　甲午初秋，求学于百望山下。自从迈入国防大学校门的那一刻起，我就一直在思考：如果用一个词来概括这所全国最高军事学府，要用一个什么样的词呢？

　　在入学最初几天里，我一直苦恼于找不到这样一个词。我在雕刻着毛泽东主席题写的"坚定正确的政治方向，艰苦朴素的工作作风，灵活机动的战略战术"和"团结、紧张、严肃、活泼"手迹的校训墙下思索，在充盈着爱国主义和尚武之风的"精武报国雕塑园"里努力找寻，在教学设施齐全、学习风气浓厚的教学楼里孜孜探求……可是，一时找不到这个合适的词。

　　直到十多天后，对于母校有了初步的认知和感受后，当我眺望郁郁葱葱的百望山，一个词在我脑海中蓦然跳跃而出：高地！

　　是呀，高地！把国防大学称为高地，不仅仅因为她的光荣历史——前身为1927年创办于井冈山的红军教导队，也不仅仅因为她的辉煌成绩——培养了大批高素质的新型高级指挥人才、参谋人才和理论研究人才，还不仅仅因为她的光辉前景——具有世界先进水平和我军特色的综合性联合指挥大学。我把母校称为高地，是因为在这短短的十多天里，我感受到了这所大学的高度！高地，引人瞩目；高地，令人景仰；高地，引领风尚！

　　这里是熔铸军魂的高地。入学第一周，我们就学习了党的理论创新的最新成果。从习主席系列重要讲话，到关于中国梦的重要战略思想；从铸牢坚决听党指挥的强军之魂，到锻造能打胜仗的作风优良的人民军队……每一堂课，都使我们深切感受到习主席国防和军队建设重要论述进入课堂的速度之快、研究思考之深、传播效果之好。当学员们把这些理论融入血脉之后，将会转化为推动军队建设和改革事业不断向前发展的不竭源泉和动力。

这里是汲取知识的高地。这里的教学，实行的是研究式、启发式、开放式教学。名师林立，构成一道独特的风景；课堂互动，共同架起知识的桥梁。令人感触很深的是，正课时间之外，学校处处洋溢的求学之风。"周一夜校"，我们可以聆听到最前沿的学术思想、最新的科技知识；周四晚上的"战争影视厅"，我们可以用独特的视角思考战史、研究战争的规律；"周六讲坛"，我们可以感受最精彩的思想碰撞、最宏观的战略思考……

这里是改进作风的高地。学校在改进作风方面，让大家感到新风扑面。9月1日的开学典礼，没有彩旗、鲜花，没有空话、套话，不到半个小时，开了一个简朴隆重的大会。9月10日，教师节表彰大会，学校一改校领导接见、讲话、举行报告会等套路，而把受表彰的教员当作主角，以"感动中国"颁奖典礼般的策划，在现场军乐的伴奏下，将受表彰的教师们请上主席台。校领导坐在台下，为教师们送上热烈的掌声。校领导没有讲话，代以播出一部回顾学校建校80多年来名师名家风采的电视纪录片《师之魂》，取得了很好的效果，令人感慨和激动！

高地上矗起的，往往是丰碑；高地上求索的，每每是英才。入学后的一个早晨，我眺望着秋色中越发美丽的百望山，心中有无限感慨。今天，我们在这座高地上勤奋学习，为的是明天在各自的工作岗位上更加努力地工作。中国梦、强军梦、我们的梦，一定都会梦想成真！此刻，旭日东升，朝霞万丈，百望山下这片精神的高地，折射出更加光彩夺目的光芒。此情此景，令我心醉！

归根情愫总入怀

军人对故乡的热爱与思念，自古有之。《诗经》中的《东山》《采薇》等诗篇，对此都有生动的记载。在唐诗宋词中，更有很多边塞将士思念故乡的动人诗章。最近，我读到了一位我尊敬的老师的一首诗，我深深地被这首诗所吸引，诗中浓浓的乡情久久地感动着我，使我加深了对军人乡情的理解和认知。

山东有一处旅游的新亮点，那就是微山湖湿地红荷旅游风景区。风景区里，湖面红荷观赏区有 10 万余亩，是华东地区面积最大、生态保存最原始、湿地景观最佳和中国最大的荷花观赏区。这里，就是我老师的故乡。这片美丽的风景，是他小时候就熟悉的。这片熟悉的风景化为了一种深深的情愫，始终在老师心底萦绕。终于有一天，这种感情化为了美丽的诗篇："翠盘奉珠天际来/红荷呈艳竞相开/七寸鲤郎巧巧个/蛙声伴舞好乖乖/美画圈点不知尽/人与自然共和谐/谁不说俺家乡好/归根情愫总入怀。"

在一个安静的夜里，我细细地品味着这首诗。美丽的画面自远及近，非常有层次感：碧绿的荷叶捧着清晨的露珠，从宽阔的湖面依次排开，像是迎接着远方的来客。色彩那么迷人，荷叶是绿的，荷花是红的，而且争奇斗艳，竞相开放。这是一幅多么安静甜美的风景画呀！慢慢地，这幅画有了动感，因为有可爱的、有灵性的动物出现了。七寸长的鲤鱼在荷叶下的水中慢慢地穿梭，有时候一侧身，闪动出曼妙的身姿。这时，在这幅动静交织的美丽画面中，声音又出现了。那是憨憨的青蛙所发出的音乐，仿佛伴着荷花、鲤鱼在翩翩起舞。是呀，故乡太美了，有那么多美丽的画面值得观赏，有那么多动人的声音值得倾听。在这湖边，在这荷香里，在这色彩和声音都那么迷人的所在，人的心灵与自然融为一体了。这是一个多么令人神往的人与自然相和谐的世界！这首诗，有色彩美、构图美、声音美，更有和谐之美。让人在欣赏文学之美的同时，心灵也受到一次沐浴。

在外久了，故乡的美景依然陶醉着远行的游子，这种归根的情愫，每时每刻都在洗涤着军人的心灵，升华着军人的情操。读了这首诗，我对军人的乡情有了更深的体味。自古至今，恐怕只有乡情、亲情和爱情，才会让军人留下那么丰富的情感，那么多动人的诗篇。对于军人来说，故乡是最温柔的线，终生牵着他的身躯；故乡是最醇美的酒，始终陶醉着他的心灵；故乡是最美的风景，永远吸引着他的视线。

军人的职业决定其要远离故乡、无私奉献。军人保卫国土、戍守边关，正是为了祖国的安定、人民的幸福。军人对故乡的感情，是一种最圣洁、最纯净、最真挚的感情。因此，那如丝如缕的乡情，才会那么打动人心。珍藏着这份乡情，品味着这份乡情，同样会使军人增强履行使命的责任感。其实，祖国就是放大了的故乡，人民就是扩展了的亲人。我想，在新的历史条件下，每一位热爱故乡的军人，都会忠实履行新世纪新阶段人民军队的历史使命，为保卫祖国、建设家乡奉献出自己的热血和青春！

盛　　宴

青春季，　我参加了作家培训班

那时的我，不是现在这个样子。那时的我，刚刚步入而立之年，正是"指点江山、激扬文字"的时候。文学之梦绽放得如盛夏之午的蝉鸣和夏夜池塘里的蛙鼓。

那时的文学，也不是现在这个样子。刚刚进入新世纪，文学虽不及二十世纪八九十年代那样万众瞩目与洛阳纸贵，但还是有一些勇于献身、甘于默默无闻的耕耘者、跋涉者，军队还有一支没有被市场经济大潮和其他外力冲刷得七零八落、颇有朝气与希望的创作队伍。

2001年6月初，我以驻香港部队首任新闻干事的身份，接到了广州军区政治部创作室给驻香港部队政治部的通知，要我参加由解放军总政治部宣传部艺术局主办的全军青年作家培训班。艺术局是主办方，具体承办的是《解放军文艺》编辑部和解放军艺术学院（现解放军国防大学军事文化学院）轮训队。

其实，我搞文学创作纯属业余。入伍之前，喜欢写点诗，也发表了一些诗作，因此被来家乡招募新兵的北京卫戍区某部接兵干部看中，于1990年3月入伍，当上了战士报道员。1992年《解放军报》的"连队新闻"还刊出过《战士刘笑伟入伍两年出版两本诗集》的报道。1995年，我从解放军南京政治学院新闻系毕业后，有幸被选调到正在组建中的驻香港部队。1997年7月1日，亲身经历并参与报道了香港回归祖国、人民解放军进驻香港的神圣历史时刻。有了这点生活底子后，我在《解放军报》《解放军文艺》等报刊创作发表了一些诗歌、报告文学和小说，出版了长篇报告文学《世纪重任》（合著）、《震撼世界的和平进驻》（合著）和诗集《歌唱》等。参加这个培训班，是时任《解放军文艺》副主编王瑛推荐的结果。

对于《解放军文艺》，我既心存敬意，又心怀感恩。2016年8月，我给中央军委后勤保障部首届文学笔会的学员们谈过一次创作体会，其中就谈到了，我的重要作品几乎都是在《解放军文艺》刊发的，写出自己满意的作品，首先想到的也是给《解放军文艺》投稿。

记得我还说过这样一句话：《解放军文艺》是军队作家的家，也是军事文学作品的家。之所以这样说，是因为《解放军文艺》编辑部有着悠久的关心、帮助作者的好传统。试举一例。我从香港到编辑部送稿，返回招待所前，编辑部的领导会细致地问清我的驻地，然后为我规划返程的路线：如果打车，走哪条线路最划算；如果坐公交，坐哪趟车最省时。《解放军文艺》的编辑们，正是以这样的优良作风，团结了一大批军队作者，并使他们把编辑部视为温暖的家。

在这种温暖的感觉中，培训班开课了。

天马行空的教学

大概是解放军艺术学院教学场地有限，培训班确定在空军指挥学院的北院招待所举办。这个招待所的地理位置紧靠西四环，就在昆玉河边。

　　跟班教学的有时任总政宣传部艺术局副局长的汪守德和《解放军文艺》副主编王瑛，以及解放军艺术学院轮训队的领导。多年之后，我还向汪守德局长谈到了这次培训班，谈到了培训班对自己的巨大影响。

　　2001 年 6 月 10 日，一个晴朗的夏日，我来到空军指挥学院北院招待所报到。参加培训班的，一共有来自全军的 27 位青年作家。有已经出名的，如当时总装备部的陈怀国，也有像我和 301 医院的李骏一样，还在创作道路上探索的业余作者。

　　最开始，我对培训班的课程能否吸引自己半信半疑，大概是觉得刚刚走出军校不久，又去上课会很枯燥吧。

　　然而，我错了。这次培训班安排的课程，精彩得出乎我的意料。从 6 月 11 日开班，到 6 月 29 日结业，一共安排了 18 节课，每节课都是本领域的名家大腕来授课。这些名家中，既有军内的，也有地方的；既有文学领域的，也有其他艺术门类的。

　　6 月 12 日，王蒙给我们讲授了《文学的挑战与和解》，第一次近距离地听名家讲课，大家都很兴奋。我还记得一个细节：来自河北海兴县人民武装部的青年作家李浩坐在我身边，反复斟酌准备给王蒙先生提出的问题，在纸条上写了好几遍。

　　中央戏剧学院的丁涛教授来了。他给我们讲授当代戏剧的现状，向我们发出了"你独立地存在过吗"这个振聋发聩的问题。解放军艺术学院的张志忠教授，给我们讲了世纪之交作家笔下的历史与现实。他讲到了刘醒龙的《痛失》、柳建伟的《英雄时代》、阎连科的《坚硬如水》、王蒙的《狂欢的季节》以及铁凝的《大浴女》等作品。

　　6 月 14 日上午，中国社会科学院文学研究所所长杨义教授给我们讲授了《中国叙事学》。他讲到了什么是叙事时间、什么是历史时间以及时间在文字中的流动速度。6 月 15 日上午，北京大学比较文学研究所戴锦华教授给我们讲授了《大众文化包围下的文学》。她谈到了在转型期，大众文化代替了经典文化，构建和影响着社会文化；大众文化多样化的表象，掩盖了单调的本质，涸尽了文化想象的空间——这何尝不是一种真知灼见，给我们带来了深刻的启迪。

6月16日上午，八一电影制片厂文学部主任周政保给我们讲授了《新军事时代的军事文学创作》。给我留下深刻印象的是，他谈到了军旅文学作家书写现实时缺乏现实感的问题。他谈到军事题材小说创作题材选择的失衡问题：书写战争少，书写和平生活多；书写现实生活的少，书写以往生活的多。当时，他的一句话给我留下了深刻的印象：一个军旅作家，哪怕是书写和平题材，也要用战争的目光！

接下来，时任解放军艺术学院训练部副部长的朱向前教授，讲授了《文学生长点在世纪之交的寻找与定位》，武警电视宣传艺术中心副主任丁临一，讲授了《青年作家的位置与使命》。解放军文艺出版社副社长黄国荣，讲授了长篇小说的创作问题。他为改革开放以来的小说创作划分了三个时代：英雄时代、平庸时代和职业时代。他分析了优秀作家们创作的视角，提出了作家的根本任务是"发现"。北京大学中文系的曹文轩教授，讲授了《论艺术感觉》。他说，一个感觉正常的人是难以成为伟大作家的。一个作家存在的理由，就是将自己个人的记忆和感觉通过文字表现出来。时任空军政治部创作室副主任的乔良，则通过对中国成语的解构，深刻指出中国的文坛缺少思想家，对某些作家快速成名的方式方法给予了辛辣的讽刺。作家出版社社长张胜友通过讲授《文学与市场》，给我们上了一堂生动的作家如何面对市场经济的课。

还有几堂与文学并非直接相关的课，也给我留下深刻的印象。比如，北京大学经济研究所副所长刘伟教授讲授的《中国当前的经济形势》，北京电影学院倪震教授讲授的《亚洲电影发展趋势》，中国艺术研究院电影电视研究所副所长贾磊磊教授讲授的《军事及动作型影片》，中国音乐家协会的周荫昌教授讲授的《音乐艺术与人的素质》，中央美术学院邵大箴教授讲授的《中外美术思潮》，新华社解放军分社陈虎讲授的《国际军事战略》等。

写下这篇文字的时候，已是 17 年之后的又一个夏天。那一堂堂天马行空般的课，至今依旧生动地存在于我的记忆之中。招待所二楼那间教室窗口照射进来的阳光，至今还在我眼前晃动着。有时，我会有些伤感地想：现在再办一个文学培训班，还能请到如此多的名家吗？名家们还会有时间、有精力、有耐心，无私地给文学爱好者们讲课并和他们平等地交流吗？当年听课时我们身上抱有的文学理想和情怀，到今天还剩下多少呢？

同学们

我又翻开了当时培训班的同学录，一张张比现在年轻得多的面孔出现在我的面前：有东海舰队的史一帆、济南军区空军的陶纯、成都军区空军的张子影、广州军区空军的谌虹颖、兰州军区的任真和王族、济南军区的康桥、北京军区的苏学文和李浩、成都军区的王曼玲和许明扬、南京军区的黄雪蕻、武警的衣向东、301 医院的李骏、海军军医大学的汤宏，以及沈阳军区的王伏焱、张立江、曾剑，总装的陈怀国、王秋燕和毛建福，《解放军文艺》编辑部的文清丽和王洪山，还有军艺的黄恩鹏、唐韵和杜离。最早的名单中还有辛茹和祁建青，但因为种种原因没有见到他（她）们来上课。

在众多的同学中，我第一个见到的应该是陈怀国了。他来报到时，我就在他的身后。陈怀国当时已是青年作家中的名人了，短篇小说《北纬41度线》获《解放军文艺》年度优秀奖，《疏勒河故道的赶驼人》获1991年《人民文学》优秀奖，《荒原》获第四届青年文学奖，《毛雪》获《人民文学》创刊45周年小说新人奖，《黄军装黄土地》获

《昆仑》年度优秀小说奖。令我念念不忘的，是他那篇小说《毛雪》，以及小说所吟唱出的"农家军歌"。他说话条理清晰，且总是带着一脸憨笑。多年之后的今天，我们常以会议代表、评委等身份坐在一起，得知他写了很多电视剧，经常东奔西走于各类开拍仪式。在谈笑间，我还时常能想起那个夏日的下午，我走在他身后时，看到他肩上流淌下来的明媚阳光。

女同学里，因为工作关系，后来见面比较多的算是文清丽了。因为文清丽一直在《解放军文艺》当编辑，我也经常参加《解放军文艺》组织的一些活动。当时，文清丽在小说创作领域已小有成就，短篇小说《盼》曾获总后勤部第六届军事文学奖。文清丽不但是一位好作家，也是一位好编辑。听她的同事们说，文编辑约稿时的"软磨硬泡"功夫是非常了得的。在微信朋友圈里，她也经常晒一晒自己编辑的作品被各大选刊选载的情况。我常在各大文学期刊上读到她的小说作品，感觉她越写越有自己的品位与风格。曾读到过一篇对文清丽小说的评论："（对）诗情的坚持、守望与功利世界的困扰或许是倾诉者文清丽内心的一个心结。倾诉与倾听构成了文清丽的多面，也成就了其作品的丰富多彩。"信哉斯言。

2017年8月，《解放军文艺》编辑部组织著名军旅作家徐贵祥一行7人到安徽省金寨县开展采风活动，我又见到了作家班的同学陈怀国、陶纯、衣向东和文清丽。

在上青年作家培训班之前，我就经常在《解放军文艺》上读到陶纯的小说，他的小说经常选取革命战争题材，写得非常成熟稳重。之后，他在创作领域取得丰硕成果，出版了长篇小说《芳香弥漫》《阳光下的故乡》等，另外与人合作写出了电视剧剧本《我们的连队》《红领章》《雄关漫道》等。他的作品两次获得中国人民解放军文艺大奖，两次获"全军文艺新作品奖"一等奖，以及《人民文学》杂志优秀作品奖等奖项。2015年4月，他的长篇小说《一座营盘》由人民文学出版社出版，并迅速在读者中引起强烈反响。就在不久前，我收到了他新近出版的长篇小说《浪漫沧桑》。在这部长篇里，他通过女主角余开贞跌宕起伏的一生，书写出了个人无力与历史洪流抗争的沧桑感。在小说中，他既写出了历史的复杂性，更写出了人性的光辉。

衣向东的小说，转载率和获奖率都比较高，当年他是《小说选刊》《小说月报》的"常客"。他笔下的军营中的各种小人物活灵活现，令人难忘。《吹满风的山谷》《我是一个兵》《老营盘》等，是他中短篇的名篇。他还出版了长篇小说《一路兵歌》《牟氏庄园》，还创作了电视剧剧本《我们的连队》《东西南北兵》等。在金寨采风的日子里，他的乡音——山东"栖霞"口音，常常给大家带来欢乐。他总是很认真地说："在国家普通话评级考试中，我被评定为二级甲等，有证书。"

在当年的同学中，有两位转行很成功的人物。一个是《西北军事文学》原主编任真，他"跨界"画起了国画。任真出道也比较早，出版了散文集《依然认真》、长篇随笔《品读历史》、长篇报告文学《边关》《亲历国家行动》《任真获奖报告文学选》等。近年来，他开始国画创作，已有多幅作品发表或参展。他的同事、军旅诗人马萧萧说，在照相机和摄像机早已普及的当今，如何突破传统国画的程式化，为山川万物整形、请神、喊魂，在笔下展示出我们肉眼所罕见、所不见、无法见的东西？有知识之士、有才情之士理应先行。任真尚在路上，却已给我们带来了一丝惊喜！

另一位转行的同学是王伏焱。在参加青年作家培训班前，王伏焱在文学创作之路上比较活跃，曾获1996年《解放军文艺》优秀作品奖，并于1999年和2000年连续两年获得"全军文艺新作品奖"。我读过他的《高雪部队》，感觉其创作有着鲜明的地域特色，人物个性也非常鲜明，并且行文干净，很少有多余的话。自主择业后，王伏焱选择了油画创作。某一天，他在微信里给我发来一幅油画作品《彩霞满天》。画面有两个视角，一个是俯角，以上观下，一位牺牲的红军女战士仰面卧在草地之上；另一个是平面视角，表现的是草地上的一个树杈。这个树杈，我想有两个功能，一是暗示树下的"水面"，二是引导观者的视线。整幅画构图是"巴洛克"风格，以对角线强调动感和人物牺牲之前的悲壮。我想，他是在用浪漫主义手法处理悲情题材，以期形成强烈的对比效果。看过此作后，我对不少人都说过，王伏焱转行是比较成功的。

2017年5月，我参加了张子影同学长篇报告文学《试飞英雄》的研讨会。在研讨会上，我说，《试飞英雄》是一部在和平时期讴歌英雄、唤醒血性的探寻之作。和平时期怎样塑造英雄，怎么样唤醒血性，《试飞英雄》带给我们很多启示。在青年作家培训班时，张子影是以女诗人的身份亮相的。记得当时她给我送过她的诗集。如今，她更多地侧重于编剧，创作了话剧《甘巴拉》、音乐剧《生死抉择》、电影《生死之间》和电视连续剧《新女驸马》《我爱芳邻》等。

2018年6月，《解放军文艺》编辑部和国防科技大学政治工作处联合在长沙举办了"诗颂强军新时代"全军诗歌创作笔会。在笔会上，我与当年的同学史一帆、谌虹颖又见面了。史一帆一口浓重的浙江口音，交流起来常常需要猜测他讲了什么。他诗写得不多，但质量颇高，有点"湖畔诗人"的意味。去年，他的诗作《静海苑》获得由《解放军文艺》杂志和《诗刊》杂志联合举办的"纪念中国人民解放军建军九十周年"军事题材诗歌大赛一等奖。做同学时，他曾送我一本他的诗集《生命的悬崖只有鹰能描述》，我想，这个书名也是对他创作风格的一个描述。2010年1月，我和他同时荣获首届"全国十佳军旅诗人"奖，颁奖时在西安见过一面。后来，他在浙江宁波过起了"隐居"生活。在长沙见面时，感觉话更难懂了。他解释说，一段时间以来，只和当地的渔民打交道，说的都是本地土话。

著名评论家朱向前老师写过一篇文章，谈到军旅诗坛女诗人的状况。他说，只剩下几个编制在专业创作室的女诗人在孤独起舞。1997年，解放军出版社给她们出版了一部诗歌合集，并取了一个现在看来寓意深刻的书名《火中舞者》。这本6人的诗歌合集作者中，就有谌虹颖。可见，她也是军旅诗坛成名较早的一位。在培训班里，谌虹颖比较低调，话不多，但诗写得好。在长沙，我们再次见面时，又读了她在《解放军文艺》诗会增刊上的诗作，感觉意境开阔，诗意盎然。殷实编辑说，谌虹颖的旧体诗也写得好，虽未有机会读过，但我认可殷实的话，因为从现代诗中，可以读到她语言的源泉。

在当年的培训班上，有4个初出茅庐的"小人物"，除了我之外，还有李浩、李骏和曾剑。当时，我们的共同话语比较多，业余时间里常在一起散步、聊天。李浩尚未成名，却颇有锋芒。结业后，我们一直保持着联系。后来，他凭着短篇小说《将军的部队》荣获第四届鲁迅文学奖。此外，他还得过蒲松龄全国短篇小说奖和庄重文文学奖。他用现实镜像建立了一个自己的世界，这是一个魔法般的世界，这个世界折射出的是充满寓意的光芒。今年3月，"中国好故事写作营·千岛湖营地"在浙江淳安正式成立。作为营员，我和李浩都参加了开营仪式。多年之后再聚首，彼此的变化都很大。我们还像多年前一样，在千岛湖边散步，谈文学，聊人生。他送我一本最新出版的小说集《灰烬下的火焰》，在宾馆房间的书桌上，他略做沉吟，在扉页上工工整整地写下了：给我多年的兄弟、亲爱的同学笑伟。

和我一样，李骏当时只是一个小干事，当然现在他也成长为主任一级的领导了。他的作品《英雄魂》《英雄血》《英雄泪》《英雄表》等，构建了一个英雄的文学世界。我们一直保持着联系，也熟悉彼此的成长轨迹。后来，李骏深入研究自己家族和家乡的革命史与发展史，以母亲三个相关家族革命中和革命后为历史背景，创作出了长篇小说《黄安红安》。《解放军报》长征副刊刊发过这部小说的书评，作为《解放军报》文化部的领导，我签呈大样写下自己的名字时，写得格外认真。

在我看来，曾剑的才华在同学中并不算特别出众，是对文学的热爱和坚守成就了他。培训班结业后，他出版了长篇小说《枪炮与玫瑰》、小说集《冰排上的哨所》等，有多部作品被《小说选刊》《中篇小说选刊》《新华文摘》等转载。朱向前老师说："他用舒缓的笔调，从容不迫地书写着普通士兵的故事……用心感受，用笔书写，用春日般的人性美温暖着为生活奔波的人们。"培训班结业时，举办过一次联欢晚会。其他的节目我都忘记了，唯有曾剑表演的独舞让我记忆犹新。他一身西北农民打扮，舞姿并不优美，甚至有些僵硬。但他的手臂坚定地尽力伸向高处，那是一个人的躯体抵达不到的远方。

业余生活及其他

因为年轻，所以美好。在课堂上汲取丰富养分的同时，培训班的业余生活也可谓丰富多彩。

在昆玉河边散步，是晚饭后的一大乐趣。那时，我经常和李浩、李骏等漫步河边，畅谈理想和人生。晚风如烟，夕阳似酒，人生快意，不过如此。当年的昆玉河边，留下了多少军事文学跋涉者的足迹呀。

还有几件事，值得一提。一个是每天晚上，培训班都会组织放映一些对文学创作有启发的电影作品，供大家自由观看。其实，这是一种很好的教学方式，我至今仍能记起韩国电影《八月照相馆》在展现细节方面对我创作的启迪。

还有一次，解放军出版社的领导请大家吃晚餐，说了一些鼓励的话。大家都很高兴。在返回的车上，大家情绪高涨，王曼玲同学还高歌了一曲。她唱歌的内容已记不得了，但那高亢入云的音调，火热四溢的青春，让大家十分难忘。青春无限美好，因为有随时流淌的梦想，有随时响起的歌声，还有随处可以吟诵的抒情诗。

印象中，培训班还组织参观了中国现代文学馆。在展厅里，大家看到一个个现当代文学巨匠的掌印，内心里既有崇敬，也点燃着渴望。当时我最感兴趣的是一个电子显示屏，可以触摸查阅中国作家协会会员的名字和照片。当时自己是河北省作协的会员，成为中国作协的会员，是最大的梦想之一。

在那个丰沛而充实的 6 月，培训班还组织参观了在中国国家博物馆（当时叫中国革命博物馆）举办的"肩负人民的希望——纪念中国共产党成立 80 周年图片展"，组织欣赏了空军的建党 80 周年文艺晚会。为了拓展大家的阅读视野，还专门组织到西单图书大厦采购图书。

那是一个个梦幻般的日子，那是一个个因为文学而充实饱满、与众不同的日子。

遥远的回响

美好的记忆，就是在岁月中熠熠闪光的舍利子。它永不褪色，所放射出的光华，无声，清澈，让人的心安静，让人的身体充满无言的力量。

从全军青年作家培训班返回驻香港部队后，我遇到了生命中一段灰暗的日子，主要是转换了工作岗位，工作上存在诸多不顺。在这样的环境中，支撑我的是文学的梦想。在此期间，我写下了后来获得"全军文艺新作品奖"二等奖的一些诗作，写下了获得"全军文艺新作品奖"三等奖的中篇小说《放牧楼群》。炎热的夏天，我的宿舍在办公楼一楼，明令不许开窗。我拉着窗帘，在蚊帐中写下一篇又一篇文章，每一个字都是一滴汗水。直到 2002 年 5 月，我再次返回香港，开始了军旅生涯中第二段"驻港时光"。

2005年12月，我从香港返回内地，到广东省军区任职。几个月后，我被调到总政办公厅秘书局工作。在机关工作的日子里，支撑自己应付繁杂工作任务的，还是那束文学的光芒。2015年9月，我到《解放军报》任文化部副主任。这是我人生中，继迎接香港回归之后，迎来的第二次回归——这是一种心灵的回归。

2016年金秋，我有幸出席了中国作协九大，并当选为中国作协第九届全国委员会委员。2017年2月，中国作协书记处研究并通过了军事文学委员会委员名单，我也忝列其中。这是多年之前，自己从不敢想的。

2018年5月，我参加中国作协的全委会。会上，一些老作家出于对军事文学的深深热爱，直言不讳地表达了对今天军事文学现状的忧虑。是的，今天的文学没有很好地完成反映火热时代的任务。与深化国防和军队改革的广度和力度相比，与这场重塑重构后焕然一新的我军体制和结构、发展格局和部队面貌相比，与这场改革对官兵心灵带来的洗礼和冲击相比，我们的文学创作显然落后于强军实践。但正是因为参加过那次青年作家培训班，我懂得了：任何时候，我们的文学梦不能破灭；任何地点，我们文学的敏锐触角不能迟钝。只要坚持潜心创作，多年之后人们一定会说，那是一个能够产生精品力作的伟大时代。

2001年6月底，我们从全军青年作家培训班结业时，都收到了一本印制精美的同学录。打开这本红色封面的同学录，首页是一篇前言，上面写着：每一串脚印都牵着道路远行，每一双眼睛都闪烁灿烂星辰；每一双翅膀都撑起蓝天风景，每一种思情都化作细雨缤纷；每一颗心灵都珍存一段故事，每一个身影都站成一座山脉；每一次跨越都是人生的奔腾，每一次吟唱都是青春的回声。

是呀，17年之后再回眸，我们因为文学的梦想，实现了一次又一次人生的跨越。每个人心灵中珍存的故事，都是那么精彩。

2001 年夏天的美好记忆，如诗，如歌，在我的青春岁月里留下了难忘的印迹，每一次回眸，都会传来青春的回响。

给什么，都不如给人一个梦。

教什么，都不如教会对梦想的坚持与热爱。

我常常想，2001 年的那次培训班，对于我究竟意味着什么呢？

这是一场盛宴。

一场文学的盛宴，更是一场青春和梦想的盛宴。

水 火 交 融

　　水火交融，这是多么震撼人心和寓意深刻的意象。2019 年 10 月 18 日晚，第七届世界军人运动会在湖北武汉隆重开幕。让人印象深刻的点火仪式上，八一男篮名将刘玉栋跑上"和平台阶"，在喷泉上点燃圣火，以水火交融的方式完成了中华文化对和平的完美诠释。

　　这是一次和平与友谊的盛会。她承载着 5000 年灿烂不息的中华文明，辉映着新时代中国的大国气派，折射着强军兴军波澜壮阔的壮丽画卷。

　　在比赛现场，处处可见武汉军运会的这句口号："创军人荣耀，筑世界和平。"凝望着熊熊燃烧的圣火，我仿佛看到了军人的荣耀，在火焰顶端放射着夺目的光芒。

　　军人的荣耀在于保家卫国。当中国代表团在开幕式上步入会场，现场响起了雷鸣般的掌声和欢呼声，这是人民对一支军队的由衷热爱和信赖。从国庆大阅兵到武汉军运会，中国军人展现了良好的形象和素质，展现了新时代中国军队的风采，极大激发了全国人民的爱国热情。

　　近代以来，建设一支强大的人民军队，是仁人志士们的梦想与追求。为了祖国和人民拥有一支强大的军队，无数革命先烈抛头颅、洒热血，才迎来了"人间遍种自由花"的新中国成立。当今世界正面临百年未有之大变局，我国发展仍处于重要战略机遇期，更需要建设一支现代化的一流军队。从国庆大阅兵到武汉军运会，集中显示了人民军队取得的伟大成就，也向人们昭示出：新时代的人民军队一定能担当起党和人民赋予的使命任务，把人民军队全面建成世界一流军队。

岁月静好，是因为有人替你负重前行。在抗震救灾中，是他们总冲在最前面，奋不顾身连续工作；洪水暴发时，是他们冲在一线，用生命保卫人民的生命财产安全……有人说，只要有解放军的地方，心里就会产生一种安全感，危难中看到解放军的身影，就会重新燃起生的希望。他们从来不向困难妥协，永远把祖国和人民的利益高高地举过头顶！

中国军人，正是在负重前行中赢得了人民的信赖。从赛场上观众热情挥舞的五星红旗，到比赛场地此起彼伏的欢呼声，我看到了军人的荣耀在闪光！

军人的荣耀在于永不言败。体育承载着国家强盛、民族振兴的梦想。"体育强则中国强，国运兴则体育兴。""夫兵者，国之卫也，非强悍有力者不胜其任。"如果说现代奥运会上各国运动员一次次挑战人类极限，是向世人展示"更快、更高、更强"的话，那么军人在体育赛场上所展现的，则是这个群体特有的拼搏与奋斗、血性与荣耀。

"战场没有第二，赛场勇争第一。"在军运会赛场上，处处可见军人的顽强作风和拼搏精神。中国军人向世人展示了特有的铁血军魂。从射击到军事五项，从水上救生到马术场地障碍个人赛……我军体育健儿们掀起了夺金的热潮。他们用辉煌的战绩、无悔的拼搏，生动诠释了"拼倒争第一、站着升国旗"的精神气质。

我军体育运动队为祖国追梦、为军队添彩，走过了辉煌历程，铸就了令国人骄傲的"八一精神"。他们坚持把练技术、练战术与强意志、强作风结合起来，着力培育参赛官兵顽强拼搏的战斗作风，磨砺一往无前、敢于胜利的英雄气概。改革强军以来，整个队伍的精神面貌更是焕然一新。

军运会是世界军人的"奥运会"。在前六届军运会上，我军代表队曾4次斩获金牌总数第二名、2次获第三名。本届盛会，有109个国家报名参赛，包括世界主要军事体育强国。仰头凝望着火炬，相信我军体育健儿一定能在家门口取得好成绩、展现好形象，实现运动成绩和精神文明双丰收。

军事体育这种永不言败、顽强拼搏的精神，在改革强军的新征程中，同样弥足珍贵。只要有这种永不言败的精神，改革可期，强军必成。从一枚枚代表着无畏与拼搏精神的奖牌中，我看到了军人的荣耀在闪光！

军人的荣耀在于捍卫和平。"战争是一面镜子，能够让人更好认识和平的珍贵。"本届军运会以国际军体理事会"体育传友谊"为宗旨，为世界各国军人共享友谊、同筑和平搭建一个盛大的舞台。今天，当和平成为时代主题，我们不应忘记那场给世界人民带来深重灾难的世界大战——正是在第二次世界大战结束之后不久的1948年，国际军体理事会应运而生，把"体育传友谊"作为宗旨，致力于在世界各国武装力量之间，通过体育运动和体育教育建立永久的联系。

体育曾经让军人从战场走向赛场，由此诞生了古代奥林匹克运动会。历史的车轮走过千百年，军人与体育的不解之缘从不曾中断。国际军体理事会成立以来，会员国从最初的5个发展到现在的近140个，其主办的各类单项和综合性体育赛事，成为不同国度、不同信仰、不同语言、不同肤色的军人交流技艺、传递友谊、消除隔阂、呼唤和平的舞台。其实，除国际军体理事会的正式赛事外，那些时常见诸媒体的多国联合军事演习，体育比赛几乎都是必备"课目"。

伴随着改革开放的春风，中国于1979年正式加入国际军体理事会。从1980年在北京举办国际军体理事会第34届代表大会，到组建2008年北京奥运会国际军体村；从最初举办射击锦标赛，到后来多次举办军事五项锦标赛……我军不仅积极参与国际军体理事会的各项竞赛，还主办了多次国际军体比赛和会议，为促进各国军队的交流和友谊做出巨大贡献。

这样一个时刻已载入史册——1995 年 5 月 6 日，国际军体理事会第50 届代表大会在北京召开，宣布于当年 9 月在意大利罗马举行第一届世界军人运动会，以在第二次世界大战结束 50 周年之际，"给世界人民带来美好的和平消息"。2019 年 10 月也必将为世人铭记——当圣火点燃、军乐奏响、礼花绽放，身穿各色军服的世界各国军人运动员，以和平的名义相约中国武汉！相约，为了友谊而不是敌意；相聚，为了和平而不是战争。在传递和平与友谊的圣火中，我看到了军人的荣耀在闪光！

军运会火炬塔高 46.3 米，内部有 9 层，每层都有着自己的功能，以维持着火炬的燃烧。火炬燃烧采用的是天然气，因为天然气比较轻，可以通过水这一介质把天然气托到水柱的上方。

开幕式上的水火交融，是通过点燃水柱，水柱下降，沿着 7 条飘带点燃主火炬台，寓意着和平的薪火沿着"一带一路"传播到全世界。这是一个绝佳的创意，也是一个奇妙的象征：世界文化是多元的，也是可以交流互鉴的，更是可以美美与共的！

漫步于武汉街头，处处是热情的笑脸，到处飘洒着友谊的阳光。在军运村里，各国军人和平友好地相聚在一起，以体育精神传递和平的温暖。

10 月的武汉，让我们感受到了军人的荣耀，军人的价值，军人的风采。望着熊熊燃烧的圣火，我在想：军人的荣耀是和平，更是能给祖国和人民带来和平的能力。

写于 2019 年

全运村杂咏

2021 年 9 月，第十四届全国运动会在陕西省举办。入住全运会的媒体记者村，凡二十余天，随手写下一些感慨，亦算是一种留给自己的文字记忆吧。

国运兴则体育兴

"八水绕长安"，讲的是有八条河经过西安城，滋养了这座千年古都。灞河，是"八水"中靠东边的一条。如今的灞河东岸，建起了第十四届全运会的主场馆——西安奥体中心。附近还有一大片仿佛修建在花园中的楼群，就是"全运村"。"全运村"分为运动员村、技术官员村和媒体记者村。

初进媒体记者村，我漫步其中，在楼房间的绿地上，看到一尊很有趣味的雕塑：一个小男孩儿抬起右腿，准备踢向身体前方的一个足球。雕塑的颜色是洁白的，线条柔美、朴拙，饶有趣味，也富有动感。艺术品不填饱肚子，只陶冶性情。有了相当的经济基础之后，人们才有实力和能力顾及。

我在雕塑边流连许久。这个看似微小的细节，却折射出中国社会经济发展水平的巨大变化。就说本届全运会高度重视的疫情防控吧，相关

121

设备在这里一应俱全。这反映的是社会的整体保障能力。进村检测时，有自动电子测温，既快捷又方便；核酸检测时，扫码登记简便高效，背后当然离不开移动互联科技的支撑。

漫步媒体记者村的商业街，除了有超市、银行，还有非遗文化展馆；除了有医疗中心、健身中心，还有志愿者服务中心……琳琅满目的商品、热情周到的服务、民俗文化的展示，背后都折射出一个欣欣向荣、繁荣稳定的强大祖国。

"体育强则中国强，国运兴则体育兴"，此话一点不虚。其实，从1959年第一届全国运动会的不免缺这少那，到今天第十四届全运会的全方位有力保障，生动彰显了国家从站起来、富起来到强起来的伟大飞跃。刚刚在东京奥运会上创造佳绩的中国健儿，又将在全运会的赛场上铸就新辉煌，让三秦风韵流传天下，让体育之光点亮征途。与那些借运动鞋参加奥运会的外国运动员相比，与那些祖国还在战火硝烟中饱受磨难的外国媒体记者相比，我们今天能安静地品味一尊雕塑，是何等的幸运与幸福！

我不禁想起了刘长春。这位我国曾经培养出的体育高材生，于1932年7月在长达20多天的海上漂泊后，才得以参加了在美国洛杉矶举办的第十届夏季奥运会。这位我国参加奥林匹克赛事的第一人，参赛后竟然因路费不足无法回国。后来，在当地华侨的捐助下，他才得以回国。

大连奥林匹克广场有一尊刘长春的铜质雕塑。塑造的是刘长春大幅摆臂，身体前倾，奋力奔跑的形象。最让人难忘的不仅是姿势，还有目光。他的目光里充满了愤懑与坚忍，不屈与渴望。

我想，他奋力争取的，正是今日之中国"体育强国"的地位；他渴望看到的，正是今天这样的——走向中华民族伟大复兴的新时代。

西安新的"高光时刻"

第十四届全运会开幕式的文体展演中，一个有关朱鹮的节目引起了记者的兴趣。节目中，"朱鹮仙子"扇动粉红色的翅膀，向着秦岭山脉翩翩飞舞。

二十世纪八十年代，朱鹮种群数量因环境变化等因素急剧下降，野生种群最少时只剩下 7 只。党的十八大以来，"绿水青山就是金山银山"的观念深入人心，人们加大了秦岭生态环境保护力度。截至今年，生存在秦岭山脉中的朱鹮已达到 5300 余只。

这是一个巨大的变化。

说到"变"，还远不止这些。从开幕式文体展演第三篇章"中国梦"中可以看到，陕西在科技领域取得的辉煌成就。在科技感十足的声光电呈现中，机器人在电子芯片上穿梭起舞，生动展现出新时代中国西部创新驱动、科技引领的高质量发展图景。正如全运会开幕式总导演姜浩扬接受记者采访时所言，不要一谈到陕西就想起黄土高坡，现在的陕西对国家科技发展、"一带一路"倡议的贡献非常大。

全运会开幕式结束后，坐上媒体班车返回全运村时，旁边是一位来自北京某新闻单位的记者。20 多年前，他曾在西安工作过多年。看着仿佛能把夜色点燃的"长安花"，鳞次栉比的体育场馆和居民小区，还有微微细雨中更显璀璨的灯火，他感慨万千："以前这里都是大片的荒地，现在变化真是太大了！"他谈到，变化的不仅仅是城市建设，人的精神面貌和观念的变化，才是真正值得赞叹的。

"经游天下遍，却到长安城。城中东西市，闻客次第迎。"唐代诗人元稹在诗中这样记录着长安在 1000 多年前作为国际贸易市场的繁华。历史上，西安有过她的"高光时刻"。近现代，西安也曾经历过低谷。

曾几何时，一提到中西部，人们不免联想到封闭、贫穷等字眼。改革开放后，特别是党的十八大以来，西安市贯彻新的发展理念，打造西部地区对外交往中心、丝路文化高地、内陆开放高地，加快建设国家中心城市、具有历史文化特色的国际化大都市，已经取得了令人瞩目的成绩。此次全运会，是历史上首次在中西部城市举办，让更多人有机会一睹西安新的"高光时刻"。

本次全运会的吉祥物熊熊、金金、羚羚、朱朱，分别根据"秦岭四宝"中的大熊猫、金丝猴、羚牛和朱鹮的形象而设计。看着它们可爱的造型，我仿佛呼吸到了秦岭自然清新的空气，置身于莽莽苍苍的原始森林。"云横秦岭家何在？雪拥蓝关马不前"，这是唐代诗人韩愈被贬潮州，从长安出发经过王顺山（古称玉山）时留下的感慨。另一位大诗人杜甫在这里也曾留下"蓝水远从千涧落，玉山高并两峰寒"的诗句。

我突发奇想，如果穿越历史，面对经历沧桑巨变的古都西安，不知他们会留下怎样的诗句？

全运"文化牌"

全民全运，参与其中的每个人都会有所收获。

记者在本届全运会的意外收获之一，就是找到了白居易《琵琶行》中一句诗所提到的具体地理位置。那位有着出神入化的音乐才能的琵琶女，对江州司马白居易谈起自己的身世时，"自言本是京城女，家在虾蟆陵下住"。虾蟆陵具体在哪儿，多年来一直未曾深究。

此次来西安采访全运会，翻阅西安出版社出版的《千年古都，常来长安》一书才知道，诗中提到的虾蟆陵，原来就是由"下马陵"的陕西方言发音而得来的。下马陵位于西安市碑林区，是西汉大思想家董仲舒陵墓所在地。当时大小官员经此地均需下马步行，以示对这位大儒的尊重，"下马陵"由此而得名。

文化的力量是更持久、更深沉的力量。随着社会发展，文化的地位作用越来越凸显。此次全运会的亮点之一，就是很好地打出了"文化牌"。"千年古都，常来长安"，成为一句广为流传的广告语。

在全运村里，随处可见有关陕西文化的展馆和展示。在媒体村，有一个西安非物质文化遗产的展厅。据工作人员介绍，目前西安的非物质文化遗产项目涵盖传统音乐、戏曲、舞蹈等 10 大类 229 个项目，其中列入联合国教科文组织的非物质文化遗产名录 1 项，国家级非物质文化遗产名录 10 项。

展厅中，有惟妙惟肖的泥塑、面塑，也有唐三彩、剪纸、扎刻，还有戏曲盔帽制作技艺展示等。中秋之夜，全运村中组织了皮影戏表演、猜灯谜等活动，大受欢迎。活动原计划两小时结束，可大家对这些文化活动非常感兴趣，推迟了 40 多分钟才结束。特别是来自香港、澳门的运动员，对祖国悠久灿烂的文化赞不绝口，组委会还专门将该馆不少展品带到运动员村去展览。

非遗展厅对面，还有一个秦砖汉瓦博物馆。西安拥有 3000 多年建城史、1000 多年建都史，建起了无数辉煌壮丽的建筑。这些建筑的一砖一瓦，都成为悠久历史和灿烂文化的见证。直到今天，看着那些砖瓦的图片，依然可以感受到于方寸之间雕刻出的时光肌理，以及深藏其中的文明演进。

中秋节当天，全运村迎来了一场美轮美奂的"视觉盛宴"。村内的志愿者和服务人员都换上了华丽飘逸的汉服、唐装，有的提着彩灯，有的打着团扇，让人感觉仿佛徜徉于汉唐时期古长安的街道上。白居易的《长恨歌》中有形容"海上仙山"上绰约仙子的服饰的一句诗，"风吹仙袂飘飘举"。看了汉服、唐装的展示，我感受到了诗中所描绘的形象。

体育是提升人民健康水平的重要手段，是中国梦的重要组成部分。

共同富裕不仅包括物质层面的富足，也包括精神层面的充实。从这个意义上说，本届全运会这张"文化牌"，打得好。

让青春更出彩

在比赛场馆之间来回奔波采访，是全运会记者的常态。"脚力"到了，才会捕捉到精彩的瞬间，采访到动人的故事。

前两天，在秦岭圭峰山下，全运会高尔夫球比赛举办了一场新闻发布会。我恰巧跑场地"跑"到这里，便坐下来听听。抬头一看，发布会主席台最左侧坐着一个小伙子，古铜色的面孔，腰杆笔直，眼神坚毅而勇敢。我对旁边的新华社记者"预测"说，这个人有故事。

会后，我们便拦下这位小伙子采访，其人生经历果然励志。小伙子叫张新军，是陕西高尔夫球队的运动员，今年34岁。十几年前，他从陕西蓝田县一个小山村进城务工，在西安一家高尔夫球场当保安。时间长了，他对这项运动产生了浓厚兴趣，经常利用"职务之便"偷偷学艺，下了不少功夫，也吃了不少苦头。

人生有梦想，一定会开花。日复一日，年复一年，张新军通过热爱与奋斗，改变了自己的命运。他把握住机会，先参加业余比赛，后成为职业选手，在国内外比赛中不断创造佳绩。他说，是体育的梦想改变了他的命运，让他走出山沟沟，看到了更加广阔的世界。

无独有偶。本届全运会男子柔道90公斤级银牌得主谢亚东的故事，也令人动容。谢亚东是上海小伙子，自小喜欢柔道，梦想成为冠军。刻苦训练和艰辛付出，使他成为全国柔道锦标赛冠军。成为冠军后，他因到菜市场帮父母卖咸菜，被网友拍到而"走红"网络。

从"保安小弟"到"卖菜大哥"，张新军和谢亚东都是曾经名不见经传的年轻人，是体育运动给了他们人生出彩的机会，是不断的努力和坚持让他们梦想成真。

在本届全运会上，有太多太多这样的励志故事。比如，广东马术队的李振强、李耀锋父子。李振强经历了 5 次全运会，8 年前他因为动作失误而与金牌失之交臂。儿子李耀锋为帮助父亲圆金牌梦想而加入"战队"，上演了父子同台的全运佳话。

还有铁人三项决赛的裁判潘星宇。他本身的职业是重庆化工职业学院的物理老师。但是，他有着当裁判员的梦想，执裁全运会是他多年的愿望。为了这个梦想，他不惜到体院当"旁听生"，并坚持了整整 12 年。而今，他站在全运会裁判员的位置上，心中充满了自豪。是什么力量使他成为铁人三项比赛最年轻的两位"90 后"裁判之一呢？他回答：是热爱与执着。

个人精彩的成功故事，折射出的是新时代的精神风貌。青春是用来奋斗的，新时代是奋斗者的时代。只要付出努力，你一定会梦想成真，人生出彩。

星空中，他们在闪烁

（2021年）7月1日。当旭日汇集着光明与希望从地平线上升起，一张张鲜活的面孔，在霞光中渐渐清晰。

是他们！张思德、董存瑞、黄继光、邱少云、雷锋、苏宁、李向群、杨业功、林俊德、张超，10位英模，若星辰闪耀，似火炬燃烧，让一座座军营光彩夺目，有了节日的热度和心灵的温度。

民族有希望，因为英雄挺立；国家有前途，因为先锋辈出。

10位英模，10座丰碑。

他们，诞生于不同年代，都沐浴着党的光辉。他们，在战争年代浴血奋战，在和平年代舍生忘死；服务人民无限忠诚，献身国防鞠躬尽瘁。他们在历史中升起为星辰，凝聚为灯塔，闪耀为坐标，激励着一代又一代革命军人在履行使命中奋勇前进。

"日月之行，若出其中。星汉灿烂，若出其里。"在中国共产党100年波澜壮阔的奋斗历程中，人民军队在党的旗帜指引下，为了民族独立与解放，为了新中国的建设、改革与发展，涌现出多少视死如归的革命烈士，诞生了多少不懈奋斗的英雄人物，出现了多少无私奉献的先进模范！

历史的全部质感和温度，在于人，在于人所创造的业绩与精神。在7月1日这个庄严而神圣的日子来临之际，这些英雄的身影在党旗下聚集，这些鲜活的面孔在历史中浮现，组成了一个个气势磅礴的英雄方阵！人民军队一批又一批英雄模范，灿若星辰，让光辉闪耀在历史的星空，把光明播种在铁打的营盘。共同的理想信念，共同的价值追求，共同的赤诚初心，深深激励着新时代官兵，照亮了他们前行的道路。

红色基因，永远在传承；英雄血脉，永远在奔涌！

看，英雄的天幕中，他们是闪耀的星。

他，叫张富清。在革命战争年代屡立战功，新中国成立后深藏功名……英雄无我，却在人民心中永驻。

他，叫韦昌进。在边境作战中坚守着6号哨位，用报话机呼喊"为了祖国，为了胜利，向我开炮"的血性，在一代代军人身上传承。

他，叫杜富国。排雷危急时刻，一句"让我来"，响彻云霄外，回荡天地间。

她，叫陈薇。一次次与致命病毒短兵相接，一次次在"无形战场"拼死搏杀。

他，叫祁发宝。宁洒热血，不失寸土。为了祖国的和平与安宁，纵使向前一步死，决不后退半步生……

岁月冲刷，冲不淡英雄的光芒；时代变迁，英雄的精神永远明亮。崇尚英雄的国度，英雄的背影会越来越清晰，英雄的精神会越来越光彩夺目。对英雄最好的纪念，就是传承他们的革命精神。

建党百年，在党的旗帜下前进，人民军队无往而不胜；建军百年，伟大的目标清晰可见，召唤我们勇毅前行。

致敬英雄，致敬峥嵘岁月，致敬百年奋斗。

崇尚英雄，把英雄的精神写进圣洁的民族精神殿堂，让灿若星辰的英雄在历史的天空中永恒闪耀！

精神是有颜色的，那是永不褪色的火红。

精神是有味道的，那是洒遍大地的芬芳。

精神是有声音的，那是激越昂扬的心跳。

7月1日，英雄的光芒照亮光辉的日子。

这是一个伟大的时代。伟大的时代呼唤灿若星辰的英雄，呼唤拼搏奋斗的乐章。

星汉灿烂，初心永恒。奋斗吧，沿着英雄的足迹；拼搏吧，传承时代的精神！让我们不忘初心，牢记使命，不懈奋斗，永远奋斗，在强军兴军的征程上，汇聚起磅礴力量，书写出新时代的英雄史诗！

智慧的流萤

一

有人问生活的准则。我说："基本上遵守章法，却又不拘泥于章法，这就是我的生活态度了。"

二

唐诗，在短短的几十个字里，拉开了波澜壮阔的大幕：那里面，有秀丽的风光，有生活的悲喜，有人生的慨叹，有玄妙的哲思……古典诗词的表现手法有限，却为什么表达出了无限的意境？这在于唐诗没有任何杂质的"纯"与"真"。

唐诗，是简朴对奢华的胜利，是平淡对欲望的胜利，甚至可以说是中华文化对西方文化的胜利。

三

如果一个人曾经占据过你的欢乐与悲伤、微笑与泪水，曾经与你生命中最美好的那一段日子息息相伴，曾经在你最美丽而又温情的语言里留下身影……那么无论何时何地，你都不会忘记她。那回忆，就像割不断的涓涓水流，时刻在你心头淙淙流淌，从不停息……

四

我说这片大地之下不仅仅是泥土和根。
它覆盖着我们的过去，记忆和光荣。
这阳光中晃动的草，是从祖先的骨节里长出来的。
因此，在这大地之下，
我们的祖先在沉睡。

五

我说这杯葡萄酒里不仅仅是汁液。
这汁液里有一片向阳的葡萄园。
葡萄园里的风是金色的。
人们的汗水在葡萄藤上闪烁。
因此，这杯葡萄酒里，
沉睡着一片向阳的葡萄园。

六

如果考察人类的起源，那么不妨以推断或假设的方式考察人类是以何种方式毁灭的。因为毁灭从另一个角度来说就是生的开端。

七

我有必要在这里讨论一下人的意识问题。究竟什么是人的意识？推动我考虑这个问题的是我的这样一个想法：世界是以物质形态存在的时候，是一个样子；当他反映到特定的（或不同的）人心中的时候，则是另外一个样子。如果撇开人的因素，则世界是"一"；如果加上人的因素，那么世界是"多"。比方说有一盘肉类制成的珍馐，面对这盘珍馐的是三个不同的存在个体：一头羊、一个饥饿的人和一个吃饱的人。这盘珍馐存在于这三个个体之外时，它就是一盘珍馐。而对于羊来说，它是引不起任何食欲的事物；对于饥饿者来说，它是一盘无与伦比的美味，并且是香的、色泽丰富的；对于吃饱的人来说，它则仅仅是一盘食品。那么，我们是不是可以说，珍馐在意识中改变了呢？据此，我想应该得出如下的结论：物质加上人类的感觉，等于人类的意识。

八

美是绝对的，而美的感受则是相对的。正像事物的存在是相对的，而人对它的定义和认识是相对的。

九

这样一个问题常常困扰我：如果构成物质的微粒不可分割，就说明它没有体积。有了体积，即所占的空间，那怎么会不可分割呢？既然可以分割，为什么说它不可以分割呢？如果不能分割，那这种不能分割的物质（微粒）又怎么能构成有体积的物体呢？

为了这个问题，我引入了"无限"的概念，也引入了"无穷"的概念，还有一个概念也是不可缺少的：那就是"范围"。

十

古典艺术中一切都是有序的：诗歌拥有它的韵律，绘画中甚至有"黄金分割"，音乐里不同的调性也被规定为代表不同的颜色……而现代艺术则逐渐向无序性发展：在这里，技巧似乎丧失了。一切外在的、有规则的东西，统统变成了内心的、随意的东西。

我把它归结为人类情感的泛滥——人类文明的果实开拓了人的视野，也使人变得更加复杂。

十一

如果你对一段文字击节赞赏的话，则这段文字要么道出了你想要倾吐却找不到表达方式的情感；要么是它描摹出往日生活中最能触动你柔情的、最欢乐或最痛苦的回忆；要么就是它写出了与你的感受相一致的东西。

十二

我不同意休谟"诗之美并不存在于诗中，而是存在于读者的感受中或是鉴赏力中"这个推论。至少，他说的道理是片面的。就休谟的这个论题来讲，我觉得，美是一种"交流"，它应该是双向的。这种美原本就存在于诗中，但这些还不足以引起人们美的感受。另外一个方面的条件是：这个读者必须具备一定的文学基础，或者说是鉴赏能力。只有这种"本美"与"能力"产生一种"对流"时，才能说诗是美的，或者叫作感受到了诗是美的。

十三

早晨的时候我打开窗子，听到外面街道上车辆与行人的喧嚣。但当我凝思冥想时，这些喧嚣对于我的听觉而言却不复存在了。我承认这喧嚣是存在的。但谁有办法向我证明：当我凝思冥想时，这种喧嚣对于我而言是存在的？

十四

我们为什么不把"参照系"这个概念引向物理学之外呢？

我们知道，世界之所以相对于人来说具有现在的形态，是因为人的眼睛把它所观察到的影像输入到神经系统，再传输给大脑的缘故。因此，人眼的特殊构造决定了世界是我们现在观察到的这个样子。那么，有谁可以向我证明：如果给人的眼睛做一种特殊的手术，人们不会把圆形看成方形呢？

在现代摄影术里，鱼眼镜头通常能够把它所拍摄的物体高度变形，那么有谁能说是相机本身改变了事物的形状？难道不是因为鱼眼镜头与标准镜头的内部构造（如焦距）不同的缘故吗？——因此，如果改变人眼的内部构造，世界是完全可能改变它现在的形态的。

因此，我怀疑这个世界是一个"多重体系"的世界。在每一种体系里，都有自己的经验体系。"人有人言，兽有兽语"，先人的这种感觉是有一定道理的。

十五

罗素认为：高尚的生活就是受爱激励并由知识引导的生活。因此，高尚的生活需要两个条件，一是爱，它是动力，是源泉；二是知识，它是方法，是手段。

十六

尼采觉得，学者们"除了沉浸于书籍之海不做别的……最后完全丧失了为自己思考的才能"。

其实，一般人的思考，只是对于书籍中他人思想的一种反射式的想法。因此，学者们更像是一根火柴，必须在书籍的磷片上划动才能闪射出思考的火花。而我认为，真正的学者应当从书籍中解脱出来，保持着作为人的高度敏感和自觉，像干柴一样等待着大自然的闪电的锤击！

十七

幸福并非蕴涵于"结果"，而只存在于追寻它的过程中。

十八

文学的寂寞与无奈。二十世纪末，中国人逐渐发现：仅仅在十几年前还是万众瞩目的文学，在市场经济的大潮中被冲刷得色彩全无。"洛阳纸贵"的盛景不在了，"轰动文坛"的现象凋零了，"英雄们"变成了寂寞的边缘者。这种失落的情绪或多或少地影响着中国的作家。于是，出现了作家们所谓的"转型"。文学失去了社会责任。这多少有些"赌气"的意味——社会不关心我，我还关心社会干什么。

中国的文学，有太多闲适的文字，太多赞美的声音。她缺乏思索的力量、批判的锋芒和改变我们民族劣根性的勇气！

鲁迅，醒来吧！

十九

现代人自认为聪明，总是试图去改造自然界。其实，这是一种渺小与伟大的对抗，人与神的对抗，几千年的小聪明与上亿年的大智慧的对抗。

学会敬畏自然，是人类可持续发展的必由之途。但愿人们不要用太多的时间、付出太多的代价就能真正明白这一点。

二十

爱的本质是给予，就像这个世界的本质是虚无一样。

人在这个地球上生存是以痛苦为代价的，就像他们在爱之中索取是以痛苦为代价一样。

二十一

一切都在"昨天"之中。每当我们一次次醒悟，想拥抱那一切的时候，我们已经身处"今天"了。

二十二

辽阔荒原上的风一旦吹进狭小的牢房，便愈能体会到"自由"的含义。

二十三

诗是一种智慧。
诗是一种宗教。
没有智慧和宗教就没有伟大的诗。
没有痛苦的彻悟就没有伟大的诗人。

二十四

黑夜是白昼的影子。

二十五

一个大人对我说："感情是个复杂的玩意儿，它常常被人掺了水，当你品出它的滋味的时候，已是很久很久之后了……"

二十六

盐是大海的骨骼。

二十七

"这回忆，就是我的一点点伤口。"
"这泪水，就是我的一颗颗液体的心。"

二十八

"痛苦"是诞生伟大的"标志"之一。

二十九

对于死亡来说，我们现在都是胜利者。可对于时间来说，我们每个人都的的确确是最终的失败者呀！

三十

我孤独故我思索，我思索故我歌唱。

三十一

让我永远不要停止思索吧！这是我对于您的唯一的请求。

三十二

孔子给我以儒雅；泰戈尔给我以恬静；纪伯伦给我以智慧；叔本华

给我以怀疑；黑格尔给我以思索。

三十三

阅读一本书或是一篇文章时，其实人们面对着两个文本——一个文本是捧在他手中的，另一个则跳跃在他的思维中。

捧在手中的文本让他领略到动人的故事，跳跃在思维中的文本则可以唤起他的联想和记忆。

如果说捧在手中的文本是一个人，那么跳跃在思维中的文本就是这个人的梦。

阅读的愉快就在于文本所制造出的双重境界里。

三十四

我之所以放弃诗歌改写小说，正在于我觉得小说更具有文学的神秘性。这种神秘是以不确定性为其本质特征的。

我可以预先构思一个故事，但不可以预先构思这个故事的每一个细节。

我的小说的每个字、每一个段落，都可能是新的开始。每个人物、每一个场景，在故事没有完成之前，都可以随意转换，甚至干脆推倒重来。

每一个文字都是我的士兵。

我写小说时，正是可以感受到这种"纸上点兵"的乐趣。

三十五

"书中自有黄金屋。""书中自有颜如玉。"这两句话倒是透露出了中国古代一些书生们的"终极关怀"——自古以来，中国的读书人向往的还是这两件事：金钱与美色。

三十六

诗歌为什么会在网络上盛行？我想，一是因为诗歌的篇幅短——在快餐文化盛行的今天，人们不愿意浪费太多的时间；二是因为诗歌更直接——能够直接唤起人们的情感，人们喜欢这种像化学反应一样直接见效的感情。

三十七

今天做了一个梦，醒来时记得很清楚。梦中的每一个细节、每一个地点、每一段对白都清晰可辨。然而，梦中经不起推敲的细节太多——许多不同地点的人物都被不可思议地聚集在一起。

梦有很多经不起推敲的疑点，可我还是愿意做一个梦中的人。

三十八

美国艺术家约翰·拉塞说："一切艺术都给人以安慰，而伟大的艺术给人的安慰更是无穷无尽的。"

因此，一个伟大艺术家的心灵，就必须具有历史的高度、人类的高度。唯有此，才会真正进入人心，给人以无穷无尽的安慰。

三十九

有时候，一个民族的性格特征就蕴含在一个又一个细节之中。

一次，单位来了一个三个人的工作组，由我负责带一台车全程陪同。一上车，我们各自在车上确定了坐的位置。令我惊讶的是，在以后的十几天里，我们好像约定好了似的，按照前一次坐车的顺序来坐，人们好像很习惯一样，没有人奇怪为什么会这样。

四十

围棋是中国人的发明。黑与白，色彩单调。然而在观棋时，听着落棋时的啪啪声，我却常生出一种恐惧！渐渐围住你的棋子，依次变成了阴谋、陷阱、"仁义道德"……你在这些棋子的包围中渐渐透不过气来，想挣扎却越围越紧，想突围却没有道路……发明了围棋的人，一定是一个"窝里斗"的大师！

四十一

在远古的时候，人们因对黑暗的恐惧产生了对火的崇拜。那么同样，因对雷雨、死亡、疾病等的恐惧产生了对神的崇拜。我想，恐惧或许是让人类进步的动力之一吧。

四十二

高行健的《灵山》里，主人公根本没有姓名，只用"我"和"你"替代。其实，按我的理解，《灵山》就是一幅太极图。"我"就是太阳，"你"就是太阴；"我"是人类的肉体，"你"是人类的灵魂；"我"中有"你"，"你"中有"我"；"我"推动着"你"，"你"推动着"我"……到了最后，"我"和"你"交织在一起，达到了无"我"无"你"的境界。

四十三

整个中国的考古史，基本上就是一部挖掘坟墓的历史。古时对死者的尊崇达到了让生者感到苦痛的程度。谁来关注那些活在人世间的"草民"呢？谁来关心那些在现实中历尽战乱、天灾、瘟疫、人祸的百姓呢？真正做到以"人"为本，是何其艰难哪！

四十四

不同等级的厨师，可以炒出不同品味的菜。同样——相同的几千个文字，叙述的高手可以写得呼风唤雨、荡气回肠、百转千折、活灵活现。而一般作者的叙述，则显得平淡无奇。这就是叙述的力量。

四十五

信仰与迷信。有信仰与迷信的人，心中都有一个神。有信仰的人，是为别人而祈祷的，迷信的人只为他自己祈祷。有信仰的人关心的是普罗大众，迷信的人关心的只是他自己。有信仰的人可以"献身"，迷信的人只会"独善其身"。

四十六

一般认为，人类的历史存在过六大文明。这些文明得以勃兴的根本原因在于：一是优越的地理环境。我们不难看出，无论是尼罗河滋养的埃及，还是两河催生的巴比伦，还是黄河、长江哺育的中国，都无可辩驳地说明，人类的生存，离不开大自然。二是这些文明所在地的国家（或部落）都选择了代表当时先进生产力的前进方向。总体上讲，农耕战胜了渔猎，定居代替了游牧。

四十七

正像最顽强的恰恰是最柔软的流水一样，对于生活来说，最辉煌的，恰恰是平淡。

四十八

不纵己，不害人。所谓美德，其实也很简单。

四十九

技能是真财富，健康是真快乐，守法是真自由。

五十

中国先人的智慧——他们创造象形文字，本身就是一种大智慧。如"夭"字，未长"大"之前，让人一刀削去了青春年华。如"旦"字，让人感到太阳（日）升出地平线的雄伟壮丽。智哉先人！

五十一

天才就是百花园中的第一个盛开的花朵。

就是春天的麦田里已经成熟的麦穗。

就是漫天飞雪中流露在大地上的点点绿意。

五十二

凝视夜空中的星星吧，因为在我看来，它们是一颗颗智慧的头颅，深沉，闪耀，无声地燃烧。

照耀你却并不灼痛你。

引导你却并不贴近你。

占有你却又给你留下广阔的空间。

夜夜平淡地在空中燃烧的星啊，其实你是智慧，是希望，是爱！

五十三

泪珠就是一颗颗跳动的液体的心。

五十四

对于每个人来说，昨天是什么？

昨天从未发生，昨天我们从未亲身经历。

有谁能够验证昨天发生的一切呢？

靠记忆？靠文字？但记忆是什么，它准确可靠吗？

文字又是什么，它能载起记忆之舟吗？

从某种意义上讲，时间是静止的，运动的其实只是我们自身。

时间唯其静止，才能够永存；人生唯其运动，才多姿多彩。

五十五

爱就是一种永恒的回忆。

五十六

唐诗之"不隔"。唐代的诗人们第一次安定下来，是通过自己的眼睛而不是想象来审视周围的世界。

五十七

书法是一种感觉，而这种感觉是以深厚的根基为基础的。

书法是一种情感的流动。

五十八

做人仿佛练书法。有些人不用刻意地磨练字就好看；有些人不去练，字便歪歪扭扭；有的人要读帖（找人生的坐标），选了好帖，便开始严格练习，随时对照，意识到自己的缺点。真正要练出人生的大境界，就要博采众长，不断地去改造。

五十九

柳公权楷书的点画之间充满了力与力的对立、冲撞、搏击，然而合而为一字，则又变成了一种力量的和谐。

端午谈"跨界"

今天是 2012 年的端午节，在这个因为中华民族一位伟大诗人而设立的佳节里，海峡两岸的诗人们在一起共同交流——这样的时刻，给我的感受是温暖而又亲切。

何为跨界？我认为，简而言之，就是"超越界限"。

早在约 1200 年前，唐代的著名诗人白居易就写过"跨界诗"。在一个即将飘雪的美丽黄昏，他想邀请朋友来喝酒、共叙衷肠，于是写了一封著名的"邀请函"。之所以我说他"跨界"，是因为这个"邀请函"是用"诗"的形式写出的：

"绿蚁新醅酒，红泥小火炉。晚来天欲雪，能饮一杯无？"这首唐诗中的名篇《问刘十九》，是白居易任江州司马时所作的。以"诗"的形式来写一封"邀请函"，或者是以"邀请函"的形式来写一首"诗"，正是他的"跨界"之处。

朋友们，我以上所说的是形式上的"跨界"。

也有表现手段上的"跨界"。说到这里，我想暂时不谈诗，而说一说台湾的布袋戏和歌仔戏。这些曾经广受欢迎的艺术形式，在二十世纪七十年代后，在台湾不再流行，不再像以往那样受到人们的喜爱。可喜的是，台湾的明华园歌仔戏剧团大胆创新，充分运用现代舞台表现手段，使传统乡土的歌仔戏焕发出新的光彩和魅力。与此同时，布袋戏也借用现代的表现手段而重新受到人们的关注和欢迎。

同样，中国古典文化与流行元素相结合，使周杰伦的歌曲在大陆广为流传。在《青花瓷》里有这样的歌词：

> 素胚勾勒出青花　笔锋浓转淡
> 瓶身描绘的牡丹　一如你初妆
> 冉冉檀香透过窗　心事我了然
> ……

朋友们，我想说的是这首歌词，其实多像中华民族传统艺术形式——宋词的"现代版"。因为有了"跨界"，这些现代版的"诗词"获得了更为广泛的认知与接受。

更为大胆的"跨界"是超越了行业的界限。我认识的一位朋友，是一位诗人，同时也是广告业的一位著名策划人。他常常用诗的语言、诗的形式、诗的思想来为某一种产品作广告，并且大受欢迎。

我也有过类似的尝试。某国产品牌汽车的新闻发布会，我和朋友尝试用诗的形式贯穿始终。发布会分三个部分，是以诗的形式作为解说词串联起来的。第一章《坚冰》，写出国产品牌汽车在行业内的艰辛生存环境；第二章《融冰》，表现的是汽车人为这个品牌所付出的努力；第三章《破冰》，展示的是新品牌的汽车如破茧而出的美丽蝴蝶，在冰层的破裂声中震撼而出。从现场的反应看，人们对这种"跨界"的创新，是肯定和支持的。

朋友们，我们已经来到了一个这样的新世纪：在这个世纪里，生活的节奏越来越快，社会的分工越来越细，艺术的表现形式越来越多元，人们的情感也越来越丰富，同时，人们创新的精神也越来越强烈。这，正是"跨界"诗的生存土壤和现实空间。

我想，诗如何能够更加深入人心？如何能够发挥更大的作用？如何能够产生更广泛的影响？大家不妨从诗的"跨界"中去找寻答案。

"跨界诗"的本质是"文化的融合"。它可以让不同的文化元素，无论是古典的，还是现代的；无论是语言的，还是音乐的；无论是时间的，还是空间的——相互渗透、相互融会、相互影响，从而让现代诗给人以一种新的美感，同时又产生不同以往的历史感和纵深感。

"跨界诗"的核心是"创新的精神"。大陆的哲学家、学者周国平曾说过："诗的使命是唤醒感觉，复活语言。内感觉的唤醒即捕捉情绪，外感觉的唤醒即捕捉意象。复活语言，就是使寻常的词在一种全新的组合中产生不寻常的魅力。所以，诗就是通过语言的巧妙搭配把情绪翻译成意象。"我想，他所说的"在一种全新的组合中产生不寻常的魅力"和"通过语言的巧妙搭配"，指的正是诗人的创新精神——对语言的创新，对主题的创新，对"诗歌"的一切的创新。

"跨界诗"的关键是"无穷的想象"。诗，是文学的源头，是语言的精粹，永远保持着高贵、神秘、凝练的色彩和触动心灵的力量。诗人，必须保持最自由的心灵和最丰富的想象力，才能留住这高贵而神秘的语言，让这种最古老的文学样式焕发出新的动人色彩。

可喜的是，海峡两岸的诗人们，对"跨界诗"进行了不少有益的探索，其中有很多"散文诗""小说诗""诗意歌词""诗剧""视觉诗""装置诗""行动诗""影像诗"等等，为现代诗的发展与振兴提供了无穷无尽的空间。

朋友们，说到这里，请大家的思绪也随我"跨界"一次：如果，能够把这次交流的成果和大家的新作汇集成《海峡两岸青年诗人"跨界"诗选》，不是一个很好的建议吗？如果，在大陆或者台湾，能够建设一个"诗歌小镇"，里面有诗歌公园、诗人咖啡馆、诗歌博物馆，有以著名诗人命名的小径，不也是一个很好的想法吗？

朋友们，我想再为大家读两句简短的诗。这两句诗，出自距今已有2500余年的《诗经》。在《诗经·小雅》中的《伐木》一诗里有"伐木丁丁，鸟鸣嘤嘤"的诗句。我在这里要说明的是，我们2500多年前的先人，就已经进行了"跨界"诗的探索。在这里，语言与声音，诗与音乐，是那么有机地结合在一起，产生了如此强烈的美感，以至于在2500多年后，还有一群来自海峡两岸的诗人们，聚在一起倾听这来自远古的天籁之音。

朋友们，现代诗的光明前景在哪里？在对于中华优秀传统文化的传承里，在对于世界各国人民创造的灿烂文化的汲取里，也在我们今天对于"跨界诗"的真诚而无界限的讨论里。

夜空中，有一颗星

3月的夜晚，春寒料峭。我被中央电视台国防军事频道播放的一部专题片《浴血青春》所深深吸引。这部电视专题片，真实而生动地记录了武警赣州市支队见义勇为退伍战士李超的感人事迹。

今年1月1日，这位年轻的退伍战士在公交车上制止两名偷盗分子，在搏斗中英勇献身，用年仅21岁的青春，谱写了一曲见义勇为的颂歌，被人民群众誉为用生命弘扬道德新风的时代英雄。1月12日，江西省追授李超为"江西省见义勇为先进分子"，号召全社会学习李超的先进事迹。专题片没有一句解说词，只有采访时的同期声和现场的同期声，但那一幕幕感人的场景，使这个寒冷的春夜变得有一些暖意。

"正义化身，你是时代英雄；豪气干云，你是青年楷模；见义勇为，你是雷锋传人。"多么年轻的战士！多么感人的事迹！多么崇高的精神！李超的伟大，在于他把一个平凡的战士、一个平凡的人演绎到绝对精彩。李超平时就经常扶危济困、助人为乐，每次遇到重大任务，他始终冲锋在前。在他身上，我们既看到了雷锋精神的传承弘扬，也看到了时代精神的发扬光大。他以全心全意为人民服务的崇高精神和实际行动，诠释了中华民族的传统美德，展示了武警战士的先进性。

时代呼唤英雄，人民需要英雄。人的生命是短暂的，短暂的生命只因精神的力量而不朽。有人说，这个社会有"冷漠症"，但李超这位年仅 21 岁的青年，在新年第一天，以生命向全社会昭示：无论时代如何变迁、人们价值观如何多元，正义的光芒仍然会打动和鼓舞每一个人；精神的力量，仍然会在漫长的时空中闪耀着永恒的光芒！

李超，不愧为武警部队这个大熔炉培育出的钢铁战士。由此我想到，武警部队这支年轻而英勇的部队，因全面过硬的思想政治工作而传承、保持和发扬了我们这个伟大时代的精神和道德新风。由此我还想到，在抗震救灾一线，我们可以看到武警部队的官兵；在执行重大任务的现场，我们可以看到橄榄绿所组成的动人方阵！正是因为有无数个李超在警营中成长，这些年来，武警部队出色完成了执勤处突、反恐维稳、抢险救灾等各项重要任务，经受住了严峻考验，充分展示了威武之师、文明之师的良好形象，赢得了党和人民的高度赞誉。

我凝望着春天夜晚的天空，不禁浮想联翩。改革开放以来，雷锋精神等时代的音符，有力促进了全社会良好道德风尚的形成，推动了社会主义建设和改革事业的发展，谱写了一曲曲雄浑壮丽的篇章。今天，站在新的历史起点上，我们更应该以李超这样的时代先锋为榜样，思考生命的意义，思考永恒的价值，思考道德的力量，让雷锋精神焕发更加夺目的时代光彩，为推动党和国家事业发展、构建社会主义和谐社会提供强大精神力量。

青春，因精神而永恒；生命，因奉献而精彩！

夜空中，有一颗星。它是那么闪亮，那么纯洁，那么晶莹。我想，这颗星，属于李超，属于他的永远 21 岁的青春！

写于 2021 年

金 色 光 芒

2022 年 11 月 20 日晚，"中国文学盛典·鲁迅文学奖之夜"在中央歌剧院隆重举行。我作为第八届鲁迅文学奖诗歌奖的获奖作者，受邀参加了颁奖典礼。

我仰望中央歌剧院高高的、富丽堂皇的屋顶，感觉到一束束金色光芒从天而降。那光芒，像军号上折射的晨光，像一场太阳雨洒下的雨滴，绚丽、温暖而明亮。我知道这一束束金色光芒的含义。人生中什么样的东西才能发出光芒？我想，那就是心中不懈的追求。

32 年前，也就是 1990 年，一个刚刚高中毕业的学生决定去当兵。那年 3 月，当接兵干部看到我发表过的一些文学作品后，觉得为部队选到了一个有潜力的新闻报道骨干，就毫不犹豫地安排我走入伍的程序。入伍之后，我一直记着一位老师对我说的话："一个人一辈子有一个爱好不容易，一定要把你的写作爱好坚持下去，时间久了必会成功。"从入伍开始，30 多年间，无论工作岗位如何变化，我从未放弃过业余写作。伴着文学的爱好，1992 年我考入了中国人民解放军南京政治学院，军校毕业后，又被选调成为正在组建的驻香港部队的一员，亲身经历、见证了香港回归祖国的历史时刻。对于我来说，业余文学创作的恒心与毅力，就是那道金色的光芒，照亮了我写作的道路。

在写作的道路上，我还遇到了无数位好编辑。还在新兵连时，我就写了一首描写战士期盼北京亚运会的小诗，寄给了《战友报》，很快就被我至今仍不知道名字的编辑发表出来。1994 年春天的一天，我还在军校读书，收到了著名军旅诗人刘立云的来信，他当时是《解放军文艺》的诗歌编辑——通知我的诗作《坦克》将发表在《解放军文艺》当年的第 8 期。当时，我还不认识《解放军文艺》的任何一位编辑，也不知道编辑部的大门朝着哪边开。2010 年，刘立云作为军旅诗人，成为第五届鲁迅文学奖诗歌奖获得者。12 年之后的 2022 年，我作为军旅诗人获得鲁迅文学奖诗歌奖，算是延续了这个已经间断 12 年的军旅诗的光荣。军校毕业后，我和《解放军文艺》的编辑们保持着真挚的友谊，一直到今天。中国作协的《诗刊》也对我的诗歌创作给予了大力扶持。没有《诗刊》的培养，也没有我今天取得的荣誉。我深深知道，那金色的光芒也来自那些在我文学创作道路上关心过我、扶持过我的编辑老师们。我深深知道，那一束束金色的光芒里，一定还有读者阅读诗歌时清澈而温暖的目光。

对于获得鲁迅文学奖，我的感受是诚惶诚恐，做梦也想不到自己能够获得最高的国家级文学大奖。8 月 25 日，也就是鲁迅文学奖揭晓的当天晚上，我在朋友圈里写了这样一段话："对于我而言，鲁迅文学奖诗歌奖与其说是颁给了我这本《岁月青铜》，不如说是颁给了所有坚守在业余文学创作阵地上的军旅诗人，更不如说是颁给了诗中所折射出的新时代强军事业和中国军人昂扬向上的精神。"这段话是我的真实想法。我并不认为自己创造了多么重要的作品，而是自己的作品恰恰能够以大多数诗歌爱好者能够接受和欣赏的艺术方式，折射出这个伟大新时代的一个侧影。我想，《岁月青铜》是对中国诗歌伟大的"入世"传统的一种致敬和复归。获得鲁迅文学奖对于我最大的意义就在于，时刻提醒我要在军旅诗的创作上不断前进，创作出无愧于伟大时代、无愧于强军兴军事业、无愧于广大官兵期待的优秀军旅诗作。这是我真实的内心感受。

我个人认为，军旅诗能够代表一个时代的精神气象。就如没有边塞诗，盛唐就会失去精神气象。军旅诗之所以时隔 12 年之后再次获得鲁迅文学奖诗歌奖，我认为最关键的，就是从这本诗集中可以感受到新时代强军兴军的伟大进程。军旅诗只有紧跟时代的步伐，并且在艺术上创造出自己的风格，达到人民性与主体性的高度统一，才能够在军旅诗歌史上留下自己的印记。军旅诗人的担当和作为，就是用充满激情的语言记录和反映我们这支正在迈向世界一流军队的伟大的人民军队，创作出更多更好的高扬爱国主义和英雄主义旗帜的、雄浑阳刚的、令人热血沸腾的诗歌作品。

我想，优秀的诗歌作品就是一道道金色的光芒。愿每个人的心中都有一个点燃自己激情的梦想。

愿诗歌点亮我们的生活。

内心的花园

　　灵感就是这样悄然而至的：在心底的一片朦胧而略显忧郁的雾气中，透射出一道光束，瞬间照耀你的内心。然后就有诗句像泉水一样，喷涌而出。年轻的时候，诗句经常在无眠的夜里，在短暂的阴雨天，在一个个晴朗的上午降临。到了"青春回眸"的年纪，内心中依然有这样一个泉眼，隐藏着新鲜而神秘的诗句。于是，我常常想，一个诗人的内心里一定隐藏着一座雅致的花园，或绵延无尽，或花田半亩；或馥郁芬芳，或清雅淡然。从一个人的诗句中，就可以大致想象出诗人内心中花园的样子，花园里开着什么样的花朵，播撒着什么味道的芬芳。

　　一个成熟的诗人是需要多样性的。既要有"大江东去"，也要有"小桥流水"；既要有"大弦的急雨"，也需要"小弦的私语"。因此，一个优秀的诗人，一定会不仅仅拥有气象阔大之作，也会拥有儿女情长之章。换言之，他内心的花园里，可以滋养出不同种类的花朵。

　　诗歌是流传的，因此必须尊崇相关的传统；诗歌又是善变的，是"塔上的象牙""语言的刃"，因此又必须有自己的创新。没有传统的诗，和没有书体传承的书法是一样的，一眼便可以辨出。同样，没有创新的诗——题材、结构、技巧、语言等等均可以创新——就像没有色彩和条纹的蝴蝶翅膀，无法令人陶醉。其实，诗歌更像是一种"冒险"——在文本的平衡木上行走，能够平稳行进就殊为不易了，如果能跳起舞来，就需要相当的功力。因此，一位优秀的诗人，一定是一位优秀的"冒险家"。

在诗歌写作中，"即时感"是非常重要的，正如中国画中线条的勾勒与皴染，往往是在瞬间决定并完成的，诗歌也是这样。"即时感"是对自己诗歌边界的探索。当然，"即时感"也应该是"雕塑感"，一旦定型，就必须成为艺术，而不是废品。

去年，我写了长诗《坐上高铁，去看青春的中国》，今年，我又创作了长诗《兵马俑》。高铁是一种象征，象征着青春中国的速度与活力；兵马俑同样也是一种象征——无论国家也好，个人也罢，都会隐藏着一座宝藏，等待着你去重新回忆、发掘和认知。

诗人心中的那座花园就是无尽的宝藏。只要你经常回到内心，在花园沉思驻足，心中一定常有花朵绽放，笔下一定总有芬芳溢出。诗人内心的花园有多大、泥土有多厚，诗句就会有多茂密、多开阔。

写于 2022 年

第五辑　品读

黄金般的色泽

——程文胜诗集《金铜花瓣》序

从哪里开始写起呢?

从花儿吧。

斑驳的记忆中,31 年前的阳光照进位于南京市萨家湾中山北路 305 号的一栋古色古香建筑物的拱顶。阳光继续散射,照进一间教室。教室里,一位略显成熟的学员在桌上铺开宽展的 8 开稿纸,写下了一部中篇小说的标题:野菊花。是时,阳光四溢,野花芬芳,教室顿感金碧辉煌。

望着这宽展的 8 开稿纸,我低头看看自己的只有 16 开的稿纸,心中略有些渺小之感。这位在 8 开稿纸上潇洒地写着快意情仇的人,就是学员十五队二区队长程文胜。

彼时,我们都是中国人民解放军南京政治学院军事新闻系的学员。南政新闻系是一个藏龙卧虎之地。学员入学前,都要有作品发表。有写作基础好的,如程文胜,已有多部中篇小说发表,特别是在军中名刊《昆仑》上,刊发了中篇小说《民兵连长》。又听说,该学员入学前就在总参谋部系统小有名气,在重庆参加过总参系统的文学笔会,与大名鼎鼎的莫言等有过良好的互动交流。这让血气方刚、只认实力的我们,暗自心生敬畏与羡慕之情。那时,南政新闻系流行“大特写”,不少学员围绕着国家、社会的大事小情，捕捉故事，抒发情感，在全国报刊中掀起了一股"大特写"旋风。但于我而言，对于纯文学的尊重是高于"大特写"的，因此对程文胜的尊重是高于其他学员的。

回到《野菊花》。记得当时对这部中篇小说的感觉是，构思奇巧，文笔流畅，叙事很有节奏。《野菊花》作为写作课的作业上交了，得到了我们新闻系教写作的盛沛林教授的激赏。记得盛教授写了满满两页纸的批语（一页似乎不足以表达赞扬），让我们艳羡不已。

南京是一座具有文化韵味的古城。我们住的宿舍都是受到重点保护的民国时期古建筑。穿过幽深的走廊，一间宿舍出现在记忆中。打开门，右手边是一个上下铺：上铺是我，下铺是程文胜——他的诗集为什么找我写序言，因为我是他"睡在上铺的兄弟"。

军校时光是短暂的，也是无限精彩的。至今，我们的文章里，还充斥着大量对年少轻狂时种种趣事的描述。遗憾的是，我们不能穿越时光，回到那个无忧无虑的年代。

花儿为我们搭起了一座回忆的桥梁。中篇小说《野菊花》的发表，对于我们来说也算是一个不大不小的文学事件。事实上，程文胜一直在文学上居于我的"上游"，无论从质量上还是数量上。

军校毕业后，我南下去了驻香港部队，文胜则回到北京。他在解放军报社工作了一段时间，留下不少新闻、文学类作品。调入军委机关后，又为开国上将写过传记，甚至还写过电影剧本，也出版了多部著作。文胜早就写诗，无论新体还是旧体，都颇得缪斯的青睐，信手拈来却诗意盎然。我说过，在我们学员队里，我的诗才是比不过文胜的。这绝不是我的自谦之词，而是从内心里涌动出来的结论——如泉水一般自然。

我们毕业已快30年了。30年间，常有"人生交错、动如参商"之感，亦常有"今夕何夕、共此烛光"之叹。有幸的是，我们最终还在一个城市，还经常叙一叙旧，聊一聊天。文学是很少聊到的话题。正如当年的"野菊花"一样，我只能依稀回想起它的香气，却从未正面探讨过。我想，文学就像是一种疫苗，一旦打过了，你或许从未感知到它的存在，但它又时时刻刻陪伴着你，直到有一天，它在你的躯体内慢慢苏醒过来，你全身的每一滴血液中，每一处心跳间，每一个细胞里，都会有它的存在。

是的，文学，特别是诗歌，是一种防止对生活和心灵失去感知的疫苗。你打过这种疫苗之后，心会变得柔软，感觉也会变得敏锐，你的生活将不会了无兴趣，你的眼里将"常含泪水"。

近两年来，在文学上沉默已久的文胜仿佛突然"苏醒"过来——他重新焕发了诗人的活力，写出了大量优美动人的诗作。这些诗作，有的在中国革命史中探寻历史的幽微与独特的感悟，有的在现实军旅生活中找到诗思，从而描绘出新时代强军兴军的壮丽图景。这些诗作，仿佛是金铜色的花瓣，盛开在军事文学的沃野，散发着浓烈的芬芳，放射出独特的光芒。

写到这里，又写到了花儿——金铜花瓣，从野菊花到金铜花瓣，一路留下的是文胜文学的印记。是的，一个人一生中会留下很多印记，而能够在工作上创造出辉煌业绩，又在业余生活中留下自己心灵印记的，其实并不多。而诗集《金铜花瓣》与众多其他文学作品一起，让文胜二者可以兼得。这就是文学的魅力，这就是诗歌的力量。"黑太阳轧过麦海的时候/他们会从土地深处一跃而出/一只只渗血的草鞋在枪刺上翻飞/赤脚下黄金遍野如潮水般涌动/号角彻空/响遏行云/漫天金铜花瓣照亮整个山谷"……

行笔至此，我想起了1995年毕业时，我们有一本"留给未来的记忆，架起友谊的桥梁"的毕业纪念册。我从书柜的底层把它找出来，拂去上面的灰尘，翻开尘封已久的纸张，文胜在纪念册上给我的留言出现了，实录如下：

1. 三年来说了不少啦
2. 不知还能留下多少
3. 你在上铺，我在下铺
4. 马上就要分开了
5. 见面会常有的
6. 好像还该说些啥
7. ……算了

人生总会有意犹未尽之处，当年的留言，一一得到了岁月的验证。

留言的旁边是文胜当年留下的一张黑白照片。照片上方是"新闻十五队"的牌匾。背景是中国式的飞檐翘角与西式的富丽堂皇交织在一起的厚重建筑——我们的宿舍位于原国民党政府"交通部"院内。

令我惊异的是，照片上，我们宿舍大门的左侧有一束耸立着的没有颜色的花。这束花到底是什么花？它到底是什么颜色？或许每一位同学的记忆中都会有自己的答案。

对于我来说，它就是金铜花瓣，在应该出现的时刻出现，在应该放射光华的时刻放射光华。它那黄金般的色泽，带着沁人心脾的幽香，照耀着我们人生的每一个夜晚。

写于2024年

雪豹，在原野上踽踽独行

——曾云诗集《雪野上的豹子》序

和战友曾云只见过一次面，但没有说过话。

为何如此？且听我慢慢道来。

虽和曾云没有面对面交流过，但在军旅诗领域内，我们也算是老相识了。记得那是 2018 年的夏天，我到长春的一所军校采访。学院的陈政委送给我一本学校自编的学员诗集。当时，我在解放军报社负责副刊工作。在众多士官学员的诗作里，我挑出了几首印象深刻的诗，准备在《解放军报》长征副刊发表。最后，在报纸上发表出来的唯一一首诗的作者，就是曾云。

后来，我们建立了联系，偶尔看到他在朋友圈中发自己的诗作或生活感言。对于读到的他的好诗，我也会推荐给《解放军报》发表。比如，2022 年 8 月 1 日，就曾刊发过他的短诗《迷彩青春》。

在我的印象中，和曾云未曾谋面。但当他发来他的诗集《雪野上的豹子》，并请我写篇序言时，才知道和他见过面。因为诗集中，有一张2021 年他参加"奋斗·青春"全军报告文学创作笔会的照片。那次笔会，我也参加了。合影中有我，也有曾云。在我的印象中，因为时间短暂（我只参加了开幕式），在那次笔会上，我们没有更多的交流。因此我说和曾云"只见过一次，但没有说过话"。由此看来，曾云一定是一位不善言谈，也不善交往的人。

他有自己的广阔天地。

回到曾云的诗集《雪野上的豹子》。我个人的感觉，诗集的名字与曾云的精神气质颇为契合——他正像一只雪域高原上踽踽独行的豹子，面对着充满挑战的环境，发出自己低沉的吼声。

综观曾云诗集中的诗作，主要由两部分组成：首先是他写军旅生活的诗。这些诗作情感丰沛，意境开阔，抒发军旅情怀，充满了兵味、战味，虽然没有血与火的战争洗礼，却也从一个侧面反映了新时代强军兴军波澜壮阔的足迹。在《高原军旅》一诗中，他写"战士们用青春和热血装填高海拔的山河"。在《兵的秘密》中，他写"亮剑西藏，这些年，从头到脚的/伤痕，是荣誉/也是秘密"。在西藏戍边，他感受到"黑夜的雨布满伤痕"。在雪域高原练兵，他自豪于"战士用热血温暖祖国的边防线"。这些诗句中，隐藏着青春的热血，折射着岁月的光芒，由一个事物联想到另一个或多种事物，并使它们彼此在语言中建立联系，构成了完整的艺术形象，让人过目不忘。

诗集中还有一部分诗作书写了诗人对家乡的热爱，也写得情感真挚，充满哲思。可以说，曾云继承了中华传统诗词中戍边怀乡的情感脉络，又注入了新的表达方式。

我常常想，中国的军旅诗有着深厚的传统，从《诗经》《楚辞》开始，其高扬的爱国主义情愫、建功立业的英雄情怀、无惧牺牲的战斗精神、雄浑阳刚的艺术风格，一直在中国的文脉中得以延续。我之所以欣赏曾云的诗，正是因为他继承了中国军旅诗的优秀传统，并以自己的生活体验，挖掘出军旅诗新的时代特质、新的艺术技巧、新的语言方式。我想，曾云有着戍守雪域高原的独特经历，只要持之以恒、不懈努力，掌握更多的修辞手法，更精准的艺术表达，发掘出文学中的创作密码，提炼出生活中的隐含诗意，就一定会迈上诗歌创作的新台阶。

　　但愿不久之后，诗歌的雪野上，会出现一只优雅的、快如闪电的、震撼人心的雪豹的身影。

　　我这样期待着。

思想之诗与生命之诗

——品读郭轩宇诗集《雪舞的时节》

郭轩宇的诗集《雪舞的时节》写的是季节之诗、情感之诗，更是思想之诗、生命之诗。

这部诗集中的 150 首新诗，以二十四节气的时序为经，以对个体生命的体察、感悟与思索为纬，用流畅的诗歌语言，建构起了一个独特的时令、自然与人生的人文景观。在这独特的景观里，季节的流转，故乡的山水，摇曳的花朵，乃至自然与生命中的细微变化，都被赋予了一种意味深长的认知。诗人书写的是时间、空间与人间这三个维度，承接的是中国古代"天人合一"的哲学思想，又融汇了西方意象派、现代派等的艺术技法，使得这部诗集成为最近一段时间以来，我读到的为数不多的精彩耐读的诗集之一。

"寻找"应该成为这部诗集的主题词之一。在《追寻星海，在有爱的方向》这首诗中，诗人写道："我们在记忆中寻找/寻找那个精神的支点/寻找那个灵魂的坐标/还有那个不朽的旋律。"我想，这个"精神的支点"正是诗人所要寻找的终极目的。在诗中，诗人寻找着初心："以一首诗的追随/沐浴着灵魂的脚步/百折不摧，初心不改/一个生命的力量/就该张扬，那些爱的翅膀。"（《在诗行里我们寻找丫丫》）也在寻找着精神的桃花源：那里，"有一星灯火阑珊/有一瓣桃花入骨。"（《醉寄桃花源》）他还在寻找着生命中的那些温暖的回忆："冬天的村口没有积雪/是因为妈妈温暖的站立/一颗心的火热/足以烘托一个村庄的温度/让土地复苏，柳树发芽。"（《入冬，从深记的村口说起》）他在灯火摇曳的古巷里，寻找人类文明的价值与方向："或许，这条灯影摇曳的古巷/就像生命的纹理一样/清晰地标识出人类文明的走向。"（《夜读石板街》）

诗歌的意义在于发现，发现的方法唯有寻找。在这部诗集中，诗人将客观、宏观感受与微观感受有机融合，使诗歌既"站得高，看得准"，又能够通过具体的情节与意象，增强其艺术感染力。只有在寻找中，他才能发现"在心中铧开的，除了光/还有那些有光的麦田"（《铧》）。也只有在寻找中，他才能感受到"思想如喷涌的火花，照亮额头/朝着有光的方向，展开爱的翅膀"（《今夜，穿过长沙》）。

"生命"应该是这部诗集的第二个关键词。诗歌要感人，必须有血有肉，有深切的悲伤、欣喜、痛苦抑或无奈。在表现生命感受方面，诗人调动了感受主体的多种感觉器官，通过视、听、味、触等多种感受途径，对生命本体进行多角度的感受，并传达出了独特的生命体验。他体验过生命被点燃的感觉："你一脸踌躇/用你传世经典的提问/穿越时空中所有的稻浪和麦田/让昂扬的生命再一次/点燃；一场硕大的风雪之后/珠江被冻结在北方。"（《登黄山鲁与丫丫邂逅》）在新的一年开启之际，他表达生命中的欣喜与期待："新年的列车开出心的站台/满载着幸福，希冀，还有祝愿/沿黄河故道，顺长江流域，驶向喜马拉雅，驰往天涯海角/在这新年的喜庆里/我只想谈论幸福，深情以待/我也想煮茶热酒，举杯邀月。"（《新年的期待》）在四季的轮回中，他品味阅读的意义："阅读，我只想在夜深人静处/剪一缕月光，任心眉舒展/斟一壶老酒，能对月当歌/或者干脆蘸取一把梅花/把心浇成火红，像太阳一样/嘹亮自己，也温暖大地。"（《生命是一场阅读》）在白露降临之时，他感受生命的体温:"或许,我们不用理会/草木的荣枯,生命的长度/我们只用一瓢,饮出澄澈和清甜/我们只取一滴,留住天真和浪漫/我们只要一瞬,绽放激情和静美/即使如昙花,仍要再现/生命的形态,还有温度。"(《白露》)在春天来临的时刻,他的生命与大地一起觉醒:"可我,却卑微成一个细小的虫体/但我的心是孤傲的,清高冷艳/即使埋没在沙砾,或者废墟/都会以退守的力量,发光。"(《春天里》)

在这部诗集中,生命的价值和意义,与时光的流转、四季的更替,巧妙地交织在一起,让生命更有了时间力量的映衬与托举,让四季也有了人的生命与体温。诗的感受是瞬间的,而诗歌的意义正在于:它可以把这种瞬间的感受,通过精短的语言放大为艺术的永恒。

在我看来,"境界"这个词,可以成为这部诗集的第三个关键词。境由心造。造境,既是诗歌的技法,也体现出诗人将主观情意与客观物境巧妙融合在一起的能力与水平。在这部诗集中,诗人或触景生情,或移情入境,或物我交融,总能找到造境的方式。诗人用色彩造境:"黄山鲁的黄昏是蓝色的/天空是湛蓝的,海洋也是/眼睛是湛蓝的,心灵也是/树是湛蓝的,岩石也是/爱情是湛蓝的,玫瑰也是/风自黄昏起,也自黄昏落/交付出一个长宁的春日。"(《黄昏,黄山鲁》)"在这麦浪滚滚的盛夏/以一个诗人对一个诗人的景仰/或者纪念,把自己交给诗和远方/要么融入江水,要么染黄麦浪。"(《端午》)诗人还用声音造境:"只想在山语湖温暖的怀里,独醉/那些银光铺展的湖水,如琼浆玉液/源源不断地流进喉管,闪闪地述说/那些旷世的情话,如微风细雨/绵绵地拍打,一颗沉静的心/还有一个纯洁的灵魂。"(《山语湖述怀》)诗人也用情绪造境:"没有哪一天的思念/比之月亮,更懂经年的心事/在故乡的树梢,也在笔尖/流淌,那些坚硬的文字/还有打结的诗行,暗礁一般/躲藏,在心底最柔软的记忆/苹果的青翠,石榴的绯红。"(《月上中秋》)"月亮升起,思念是一棵树/高高的,像房檐上够不到的烟火/每

一次飘远，都是一次离别/让树梢挂满期待，也深刻记忆/背影，刻在妈妈的眼里/思念，就系在我心上。"（《遥望故乡》）

诗人在灵感突发之时起笔成章，把主观的"意"与客观的"境"相融相合，才能写出富有神采的诗篇。意境不鲜明不可，意与境不协调亦不可。《雪舞的时节》中的许多篇章，正因为省略了一些浅表的、没有典型意义的"表面之境"，找到了生命中本质的、深刻的"深层之境"，才写出了有艺术价值的境界，从而能够深深打动读者。

阅读《雪舞的时节》是一次愉悦的精神之旅，写下这篇文章的时刻，正是北京飘雪的季节。看着窗外飘飞的雪花，品读案上灵动的诗句，实在是人生的一大快事。说起来，郭轩宇兄既是我的同乡，也是同一所军校的学长，故而读着他的诗，更增添了一种亲切感。

人生是美丽的，诗歌是美丽的，而美丽的东西总会在不经意间流逝，正如诗人在《和光同尘》一诗中所写："美丽如梦想，总在明灭间/匆匆如过客，在风中凌乱/怀抱中的灵魂，胎记一般/描绘生命的勇武，在骨子里/留一份念想，或者一缕清风/以出世的姿态，活在当下。"

活在当下，感受美好——这或许正是阅读一本诗集的意义。

书写明亮而温暖的岁月

——韩明智的诗歌作品漫评

作为曾在《解放军报》长征副刊从事多年编务工作的我,对于诗人、诗作还是很关注的。一天,一组来自家乡河北的诗作引起了我的注意。诗歌的作者叫韩明智。仔细翻看这些颇感亲切的诗作,其中有一首《边疆的月色》吸引了我的目光。诗中写道:"边疆的月色是清冷的/围着火炉吃西瓜/才让月色多了一道/白里透红的风景……边疆的月色是炽热的/边境线上/闪烁着多少双冷峻如霜的眼睛/深沉的橄榄绿静如处子/却澎湃着似火的青春/边疆的明月无眠/为幸福照亮归程。"诗句虽不十分完美,却与长征副刊所倡导的雄浑质朴的军旅诗风颇为"合拍",于是推荐给《解放军报》的编辑。不久之后,这首诗在《解放军报》长征副刊发表出来。

就这样,我与韩明智有了编者与作者之间的交往。后来,我大致了解了他的工作经历。韩明智一直是一位忠实的文学爱好者,1985 年从河北邢台师范专科学校毕业后,当过初中语文老师,也在县里的机关工作过,还在 3 个乡(镇)任过乡(镇)长、党委书记。尤为难得的是,他有过 3 年援疆的经历,在新疆巴音郭楞蒙古自治州任若羌县委副书记。这是一段难得的人生经历。"大漠孤烟直,长河落日圆""醉和金甲舞,雷鼓动山川"——这样的边塞生活,一定鼓舞了他的创作,使他写出《边疆的月色》这样的诗作。再后来，他到邢台市政协工作。他告诉我："到政协工作后，时间相对宽裕了一些，把文学又拾了起来，主要写一些现代诗和散文。"

"把文学又拾了起来"，让人意想不到的是，他这一"拾起来"就一发不可收拾。不久前，他寄来厚厚一摞诗稿，说准备出版一本诗集，书名就叫《点亮的岁月》。捧读着诗稿，我仿佛一页页地翻动着诗人在岁月中闪亮的诗情，倾听着他的心跳和呼吸。在诗中，他写下业余创作的甘苦："一缕月光入怀/瞬间/激扬了几十行文字/一首长诗呼之欲出。"（《半首长诗》）他写下军人站岗执勤、守望边关的价值："梦需要装点/更需要守卫。"（《守望》）他尽情地回忆着边疆生活在心灵刻下的印记："新疆的酒是用乡情酿的……每一场都能喝成演唱会/每一场都能喝成音乐会/每一场都能喝成歌舞会。"（《新疆的酒》）

如果说边疆的生活充盈着壮美的旋律，那么对故乡的追忆则充满了温暖和温情。在诗人眼中，干农活也充满了诗意："爷爷耕出来的是整齐有致的/诗行……诗文原来是大地上长出来的/后来/我也变成了爷爷一样的诗人。"（《干农活·耕地》）在诗人对母亲的描绘中，阳光也有了味道："阳光是母亲的最爱/那些阳光的味道在棉花里深藏。"（《老粗布》）在对童年煤油灯的回味中，诗人捕捉到生活的哲理："心中的灯不亮/白昼也是黑夜。"（《煤油灯》）有了真情，方有这样的奇思："我多么盼望/把所有的压岁钱都给了您/您能再发给我们/年复一年/年复一年。"（《压岁钱》）有了深沉的爱，也自然会有深沉的诗句："孩子力量多大/也大不过老娘的肩膀/七十岁能扛起百十斤的小麦/还扛起了红红火火的四世同堂。"（《老娘》）

细述了乡情和乡愁之后，诗人向人们展示了他心灵的诗意。"嫩柳染春/小桃才数点/一枝满怀心事的红杏/正在酝酿那首千古名诗。"（《初春窗外》）"岁月不饶人/我也从未饶过岁月。"（《岁月遐想》）……这些

173

如珠玑般的诗句，都会让人眼前一亮。

我从诗人的诗作中采撷出这些闪亮的诗句，是为了说明一个道理：诗贵情真。有了真挚的情感，自会有奇妙的诗句。刘勰在《文心雕龙》中有《情采》一章，提出"为情而造文"的主张。"为情造文"的作品以《诗经》中"国风"和"大雅""小雅"为代表，把情感自然而然地表现出来，与后世"为文而造情"的骈文形成了鲜明的对比。韩明智的诗作，是情与真的唱和，是善与美的交响——这些特色，使得这位质朴的诗人在回味与追忆中完成了对故乡、他乡与亲情的深情书写。

诗歌是照耀人生的火炬。火炬是明亮的，要求诗人不仅仅有情感，还要有艺术的功力。《点亮的岁月》在诗艺上的可贵之处在于，诗人把丰沛饱满的思想情感沉浸在想象的世界里，纵横驰骋，"吟咏之间，吐纳珠玉之声；眉睫之前，卷舒风云之色"。同时，诗人也在有意识地把握着诗歌的节奏，在铿锵高歌之时，没有忘记低沉的咏叹。诗人在诗集的后记中写道："我也食人间烟火，也有七情六欲。我觉得，人之所以是高级动物，在于克制，在于比较，在于谋划，在于抗争，更在于追求人间大爱！"我觉得，这是一种奔波之中的歇脚，而这种克制、比较、谋划，让诗歌拥有了思考的力量。"日复一日/踩出自己的诗三百/春花　夏风　秋月　冬雪/如期而至。"（《日历》）诗人正是试图用诗歌去构建一种新的人生"日历"，用行走去创造更加丰盈的人生。"期许总在心里/岁月有情/为伊消得人憔悴/脚步层层叠加/收获/在行走中芬芳。"——这就是诗歌的力量，归根结底是热爱的力量。

"夜晚就浓缩在一间书屋/灯火微弱/却很容易把过去点亮……"这首《点亮的岁月》，让我们读懂了精神生活的价值和力量。有诗相伴的岁月，是明亮而温暖的。期待能够读到诗人更多优美的诗作。

文学的光芒

——蔡多文散文集《乡情如歌》序

　　《乡情如歌》要再版了。听到这个消息，我感到很高兴，不禁又回忆起在驻香港部队那片开满紫荆花的军营里的青春往事。

　　那时，我还是一名尉官，业余时间喜欢文学创作。蔡多文将军那时是驻香港部队的副政委。因为共同的业余爱好，我们经常相互切磋交流文学创作；因为共同的事业追求，将军对我一直关爱有加，像自己的孩子一样看待，在文学创作上，给了我很多鼓励与指导。时光流逝，这种深厚的情感一直没有褪色。文学是永恒的。

　　《乡情如歌》初版是 2003 年，由享有盛誉的解放军文艺出版社出版。这部散文集甫一出版，便受到了读者的关注与好评，全国各大报刊纷纷发表评论，并获得了第九届"全军文艺新作品奖"一等奖。此次再版，作者又新增加了 30 多篇文章，对故乡的记忆更加完整，给后人留下了一份美丽乡愁的记载，弘扬了源远流长的传统文化和厚重多彩的民俗文化。

　　不忘初心，方得始终。无论你身在何处，故园是永远的牵挂；不管你走多远，乡情是如歌的思念。习近平总书记曾深刻指出："建设社会主义新农村，要规划先行，遵循乡村自身发展规律，补农村短板，扬农村长处，注意乡土味道，保留乡村风貌，留住田园乡愁。"留住田园乡愁，文学是最好的途径之一。

从二十世纪九十年代末开始，蔡多文将军凭着自己多年的文学积累，开始走上军旅文坛，并且逐渐引起人们的关注。在短短几年时间里，他先后出版了《掩卷遐思》《游目抒怀》《乡情如歌》《香江情韵》等散文集，引起很大反响。在《乡情如歌》中，作者用行云流水般的笔触，描绘了故乡的美丽风情、纯朴民俗以及生活在这块土地上的勤劳善良的人们。作者既写出了秀美的乡村风貌，也写出了乡间的民俗，还写出了一名军人对故土的热爱。"田园乡愁"，就闪耀在这些秀美流畅的文字里。

在中华民族五千年灿若星河的文学作品中，抒发对故土热爱的作品不胜枚举。但在一部书中集中地描述方圆不过十里的一个小镇、小村的风景、人物、习俗，在近年来的散文创作中却并不多见。这些散文作品，不仅写了田园风光，还有民俗文化，更有浓烈的乡情。作者将这种乡情升华为对祖国的爱、对民族的爱、对中华文化的爱。可以说，这部书的总体基调，就是把对故土的热爱之情升华为对祖国、对中华民族灿烂文化的赞颂。此次再版的 100 多篇散文，都鲜明地体现出了这一特色。作者虽然描写的是故乡的山水风物，其实更多触及到的是作者对悠久历史和灿烂文化的热爱。二十世纪，中国散文有所谓"自我回归"的思潮，许多作者沉迷其中无法"跳"出来，《乡情如歌》的成功之处，正在于作者"跳"出了自我的空间，把自己的"故乡意识"放大成为"故园意识"，从而使自己的生活空间和情感天地都变得宽阔无比。更为可贵的是，作者将乡情的记忆上升到文化的高度，使乡愁的书写成为民俗文化与传统的弘扬，让这部散文集显得更加厚重、更加富有文学的色泽。

古语云："感人心者，莫先乎情。"在蔡多文的作品中，真挚的情感，一直深深地感染着读者。读这部散文集，我一直被其中蕴含的深情所打动。如散文《蓖麻的梦想》，是一篇不足千字的短文，却饱含着作者深厚的感情：一个普通的乡村教师，和自己的学生一起在河堤上种植蓖麻，用蓖麻籽到小镇上换回"崭新的练习本，还有带橡皮的花铅笔"，因此，作者"爱那自己种过多次的蓖麻——那里有我童年的欢乐，更有我最初、最深、最真挚的乡情……"刘勰在《文心雕龙》中提出"为情而造文"的主张，认为因情而作的文章"要约而写真"，能够通过简约的语言，写出真实纯粹的情感。我认为，《乡情如歌》中的每一篇作品，都是浓浓的乡情所催生的，因而都能动人心弦。

散文有所谓"冲淡"之说，既是说意境，也是说语言。在对散文语言的把握上，作者追求的是一种朴实无华的特色。"清水出芙蓉，天然去雕饰"，真正优美的语言，正是朴实无华的语言。如《水车》一文中，作者首先从读史写起，从《后汉书》《三国志》对水车的记载，到自己童年对水车的印象，都是用白描的手法加以描述。文章的高潮在于用水车劳作的艰辛与快乐。作者写道："踩水车虽说辛苦，但每当夕阳西下，灿烂的晚霞把天边染红的时候，也别有一番情趣。那个时候，清风习习，吹拂着绿绿的庄稼，真像是在画境中一样。"——在这样朴实无华的语言中，我们却能够强烈地感受到作者对生命和劳动的热爱之情。更为可贵的是，作者在文字营造中能渗入富有哲理的感悟和思考，使他的语言具有很深的文化内涵和哲学意蕴。

在散文文体方面，作者同样进行了自己深入的探索。他的散文篇幅都不长，但篇篇都称得上美文，既可以读到气势的恢弘，又可以读到意境的深邃，还可以读到旁征博引的乐趣、绚丽壮阔的场景和激情澎湃的思绪。杜甫诗云："庾信文章老更成，凌云健笔意纵横。"在这部再版的《乡情如歌》中，我欣喜地看到蔡多文将军对散文文体的把握与创新，依然保持着蓬勃的活力。期待将军有更多的新作问世，让文学的光芒继续照耀我们前行的道路。

如画风景孕育神奇诗篇

——茶山青"诗写云南"的价值与意义

　　茶山青是一位我一直在关注的云南诗人。近年来，他出版有多部诗集，先后获第二十届黎巴嫩国际文学奖创意奖、郭小川诗歌奖等国内外诸多文学奖项。综观茶山青 40 余年的诗歌创作，我个人认为他的诗作汇聚了中国传统文化的"神韵"和西方现代文化的"灵性"：一方面，他的诗作受到我国古典文学的滋养；另一方面，又能够从西方文化汲取养分。我想，糅合本土与异域、融合传统与现代，成为茶山青诗作一个比较鲜明的特色。

　　长期的"诗写云南"，使他的诗带有浓郁的高原气息与地域色彩，这也是他的独特的地域标识。深厚的地域经验、独特的语言表现和持久的创作热情，决定了诗人以云南为书写中心，综合运用在场实录的视角变换、融汇中西的时空技艺、跨越文体的互文叙事等艺术手段，描绘了一个蕴含乡土、城市、风景、哲思等多重意象的诗歌地图，形成了一个丰富而深沉的意象世界。茶山青对云南的书写，更多的是从日常的维度书写云南，发掘云南生活中的独特美感，尽情地对云南大地展开书写，使他的作品交织着"隐匿感"和"奇崛野性"的同时，又没有失去土地的神性与厚重。

　　在"诗写云南"时，茶山青选择的都是最基本的原型意象，诸如彩云、太阳、红土地、苍山等，其中出现频率较多的是树林、田野、孩子、高原、河流、月亮、风声、花朵、孔雀、雨露、绿叶等，诗人描绘了天空、土地、树林、花草、鸟虫、落叶等大自然中最基本的事物，人与自然和谐共生。而除了这类暖色系的作品之外，最能代表茶山青的乡土书写当是"回望式"的怀旧模式，其带着对故乡的记忆，用隐含着乡愁的笔触，将乡间的死生、泥土的气息，在诗歌的语言中铺展开来，风格刚健、清新、质朴。比如，在《怒江大峡谷》一诗中，茶山青写道："是地撕开的一条缝/缝里的那条怒江/是放牧大山舞动不息的长鞭/两岸对峙的是怒气冲天的险峰/每一面陡坡悬崖都像刀劈斧削。"一个诗人对地域和这片地域上的乡土风情的书写是有价值的。尤其是当下，传统的乡村经验逐渐被现代传媒以一种批量复制设计的大众文化所淹没。因此，对乡土经验的描绘与对乡土情感的书写还有着文本之外的意义。在茶山青的诗歌中，比较优秀的作品如《红土高原上的云南》《春城·大理》《怒江大峡谷》《梅里雪山》《滇池与洱海》《苍山雪·洱海月》《洱海》《哀牢山间的新城》《魂》《南方的高山》《山中之山》《云南红》等，让这种乡土书写具有了诗学的意义。

除了对云南这片多情土地的书写，茶山青的诗还表现了诗人对生命与存在的探寻，对人性的解读和对主体的求证，情浓而富有诗趣，明亮清澈又韵味悠长，为西南边陲的诗歌增添了新的内涵。除此之外，他的诗作充盈着大自然的天籁之音、生命律动，特殊的意象群无不点染了恋情的清新气息、青春光泽，如夕阳、月亮、清风、落叶、白云、小溪、雪花、朝露、彩虹、晚霞、蝴蝶、春草、轻烟等带有浓郁的浪漫诗意。他的诗歌表达看重"性灵"，认为人只有在大自然那里才能找到最好并且是最终的归宿，如他的《为你举办一场盛大舞会》也体现出"牧歌性"的意境。诗中的高山、彩云、闪电、流水、鸟声、繁星、太阳、月亮、雷声、风声等意象是传统诗词中经常运用的意象，由这些意象以及作者自悲自怜的情感所构造的意境使全诗淡然、和谐、欢乐的情调很自然地浮现在读者眼前，而不规则的押韵和相对整饬的诗行让人读起来有一种余音缭绕的感觉。

茶山青的诗追求空灵，而其空灵的基础是主体精神的淡泊，在《谁不是世上的过客》一诗中，诗人摆脱了一切世间杂念："活着，做想做的事最美/要抓紧做，做到尽兴/活着，善待每一天/绽放生命最开心的美丽。"如此才"对得起有命活着每一天"。在海德格尔看来，人对自身存在的意识就是一种不可言说的情绪，此在（哲学词语）在情绪中得以现身。"我们在存在论上用现身这个名称所指的东西，在存在者状态上乃是最熟知和最日常的东西：情绪、有情绪。"从情绪中现身的只是一个孤零零的事实：此在存在着，作为一个被抛的此在，不知所来，不知所去。《谁不是世上的过客》中"绽放生命最开心的美丽""生命一路向前没有返程"，正是这样一种情绪，一种孤零零的对于自身生存的意识。此时诗人从日常迷醉状态脱出，体验到的生存状态，迫切地寻找此在的所来与所去、此在的意义，寻求生命超越的途径，诗人发问"没有更新/哪来今天春暖花开"。但是，他并没有继续追问下去，而是沉醉于当下的"每一天"。这首诗的内在结构是此在"觉醒"，开始生存探寻—自然—此在化解于自然之中，将生存探寻终止于自然之中。不论是人向自然皈依，沉入"生命"，还是自然之镜与寸心之镜互为映照、互为主客、互相充实，最终都是让主体融入自然之中，使得无所依傍的此在，在自然中找到精神家园。这正是茶山青在诗歌中追求的所谓"宁醉毋醒"的境界。所以最高的文艺表现，宁空毋实，宁醉毋醒，茶山青的生存探寻是在自然之中展开的，他是乐观的，他的乐观，使得他不是在自然中叹息生命的短暂易逝、渺小可怜，而是主动到宏大的自然中去寻找永恒的精神。

在《内心有春天，就有那些花儿》一诗中，作者写道：

　　　　只要我的心跳着，思想着/大雪节气释放大雪，山河一天
比一天冷下去/心地也不入冬不下霜下雪刮冷风/都有那些花儿
在/我心地温暖/灵魂深处有太阳，不升不落/有温泉，不涨不
涸……我春天的内心是个百花园/是美丽姿色集结地，从来不
卖门票/只有我暗暗欣赏暗暗喜乐，从不张扬/我心上那些花儿
我爱护

　　　　山茶玉兰桃花梨花杏花樱花/只要心跳着，都用灵魂供养，
不会黯然失色

　　茶山青作品中浸润着"爱"的哲学，对人类命运的深切关注和对生
命价值的思考，受到个人气质、浪漫主义理念和成长环境等多重影响，
在创作中都流露着深厚的人道主义思想和理想主义情怀，用叙述来抒
情，实现了艾略特所谓"诗不是表现个性，而是逃避个性；诗不是放纵
情感，而是逃避情感"，看似冷静客观，其实内蕴深情。在《稻城亚丁，
翻看是唯美诗水彩画》一诗中，诗人认为"稻城亚丁，是一首唯美诗"
"给勇敢人读，给勇敢人看"。在这首诗中，诗人着意营造一个古朴、宏
大、雄奇的未经人事雕琢的美学世界。文中随处可见一些闪烁着野性光
泽的意象，让人与自然在力的搏斗中做生命的交融，这种朴素的、情感
自然流露的、直接诉诸感官的写法，是典型的浪漫主义式的抒情。在这
里，一切都散发着原始的生命活力，诗歌没有过多的叙事性语句，而是
以自然的虚拟化、隐喻化、象征化的手法，表现自然的野性和自我跌宕
起伏的情感世界。正如卡尔·巴特所说，"整个浪漫派的本质可以归纳
为一个意愿，它想报道造物的生命力之奇迹"，而茶山青的抒情性作品
很好地还原了浪漫主义诗歌所要表达的本质。

　　在茶山青的诗歌中，中国传统诗歌静穆自然的风格被充满着力感的
大自然所取代，物象也是庞大的物象，这主要和地域化有关。诗歌视点

从天空到地面，阔大的空间、庞大的物象、急速的动感，带来的是摇撼玉宇的强大力量，宏伟、强烈、壮丽、炽热，凸现了人强大的主体意识。在上述写稻城亚丁的诗作中，诗人选取了不少庞大物体和极快速度来展现速度和力量。茶山青诗中雄奇的形象和撼人的力量实质是诗人自我主体的外化，激发人们对自身力量的自觉意识，这是力与美的统一，诗人唱出了一个时代的壮美之音。这些诗歌中的意象可以看作是动态性意象，读者在欣赏此类诗歌的时候，感官要随着描述的事物作相应的运动，从而获得"动"的审美快感。茶山青的诗歌继承了传统的艺术手法，即通过物态变换的描摹来表现时间的流逝，这是时间意识，更是生命意识。

我一直认为，一位优秀的诗人应该具有强劲的膂力。长诗创作是检验一位诗人膂力的标准之一。在新的历史语境下，"史诗"也随之被赋予了带有时代特色的含义，茶山青的《别忘记我的过去》应时而作，因其是诗歌史上少有的历史题材的长篇叙事诗，并在创作中达到了诗歌艺术和历史现实的统一。《别忘记我的过去》共分为《小序》《风》《云》《闪电》《霹雳》《雨》《雪》《尾声》八章，洋洋洒洒，蔚为大观，整部诗作形式圆熟、大篇长句、开合自如、腾挪变化、奔放舒张。在浪漫主义文学的影响下，《别忘记我的过去》气势恢宏、悲壮雄浑、气韵飞动、辞藻华美、气魄宏大、情节抑扬回环、节奏高低起伏、色彩艳丽、充溢阳刚之气，饱含着诗人强烈的审美感情和活跃的审美想象。诗中以大量排比句和长句式、富有表现力的韵脚和节奏，构建起宏伟结构和磅礴气势。所涉及的历史史实都以忠于历史原貌为本并辅以西方浪漫主义、象征主义、魔幻现实主义等艺术表现方式，铺陈出壮丽宏大的史诗场景，从而形成了茶山青铸历史、地域、现实为一体的三维世界。

《别忘记我的过去》采用西方史诗的无韵长句，以大致整齐的诗行和依照叙事节奏决断的分节，展开恢弘气势的画卷。在展开的丰富历史场景中，呈现出一个复杂的长诗有机体，一个个生动丰满的历史形象，充分展示出书写历史传奇的宏伟的叙事艺术。这些英烈故事的光彩，取决于诗人深挖历史真实的信念，他既注重某些超凡人物作为个体之于历史的地位，更注重英雄群体的历史作用。诗人在历史所谓"功业"的后面，更看到了历史背后的血腥与惨烈，他要表现客观的历史，通过历史表层的荣耀穿透历史的真实。史诗性长诗体要求充盈的历史细节作为血肉支撑自身，诗人力求忠于史实，言必有据。借用鲁迅的话说："对于历史小说，则以为博考文献，言必有据者。"对史实细节的专注刻写恰恰是《别忘记我的过去》的特点，也是其成为优秀史诗的重要因素。在《闪电》《霹雳》《雪》篇章有明显的印证。

《别忘记我的过去》作为"诗"的核心面貌，需要深究叙事细节以及诗行的语言结构，才能理解《别忘记我的过去》既支撑着一个叙事框架，也融贯了更微妙的开合行止的节奏。在诗体布局上，诗歌做到了抑扬有致，这里的抑扬，是指事件发展情势的顺逆和基本情调的昂扬或沉抑。《别忘记我的过去》的叙事基调是一抑一扬的交替轮转，而且愈趋跌宕，愈演愈烈，充满戏剧性的张力。通过研究《别忘记我的过去》在跨行、句法、收束、语调等方面驾驭节奏的手段，我们可以看到在叙事框架之下更重要的要素，即在强劲推进中的转折变化，保持张力而又不失灵动的节奏形式，不仅避免了单调散漫的推展，更丰富了缓急张弛的变化，从而也拓展了诗歌内容的表现空间。从以上解析可见，如果没有这种积健为雄的行句，很多情节和场面都得不到意境上的提炼与升华，则也就不能产生波澜起伏、扣人心弦的感染力。《别忘记我的过去》及茶山青在此前的关于诗歌在形式上的探索，正体现了一个在古典与现代之间追求新的平衡的过程。

《别忘记我的过去》的诗体对中西经验也作了融贯。从张弛开合的结构来看，有着传统"赋体"的影子，而句式灵活生动处，不失《楚辞》的跌宕流荡。王世贞在《艺苑卮言》中说过："首尾开合，繁简奇正，各极其度，篇法也。抑扬顿挫，长短节奏，各极其致，句法也。"《别忘记我的过去》已然具备史诗的"规模""体积""重量"，而且兼具史诗的最重要的品质特征——包含历史又超越了时空的界限。在史的方面，诗人在创作中融入了自己对历史的独立思考，诗歌整体故事情节框架上遵从史实，细节刻画上大量使用古代名词以还原历史氛围，诗人以历史家的冷静、深沉的气度勾描了"真实地历史"，更抒写了文化传播的曲折进展，刻画了十分广阔的历史图卷。在诗的方面，诗人用丰富的想象力和雄厚的气魄将情绪色调和叙事线索在史诗的艺术形式里加以融贯与表现，在大的叙事框架中勾勒出微妙的、开合行止的节奏。诗歌将历史本相、历史复杂性与宏大的结构、精致的细节相结合，在精深繁复的叙事中寄寓着对民族意识的弘扬和对民族文化的反思。茶山青的宏阔视野、历史眼光、叙事技艺、丰赡学识、深邃思考等都是构成这首长诗极为重要的特质。

彩云之南，如画的风景里孕育着神奇的诗篇，多情的土地上滋养着优秀的诗人。祝愿茶山青在诗歌创作上取得更大成绩。

写于 2023 年

由心出发的真情"五重奏"

——漫评王子君散文自选集《一个人的纸屋》

　　《一个人的纸屋》是民主与建设出版社编辑出版的"文学百年——名家散文自选集"系列中的一种，这是作家王子君的一部较为重要的散文自选集。在这部充盈着情感力量、散发着生活气息的散文集中，有一篇讲述冰心对作者产生巨大影响的作品《爱的灯亮着》，作品中的一句话——"她赞扬了我由心出发、真情写作的态度"，让我瞬间领悟到王子君散文的一个重要特征。这里面提到的"她"，指的是冰心先生。

　　我深以为然。由心出发，是王子君散文的一个重要特点。《一个人的纸屋》里的每一篇作品，都是作者从心底自然涌动出来的，都带有作者真实的情感、真切的情思、深沉的情愫。可以说，每个字都凝结着作者的真情。这部自选集分为五辑：《闯海》《相遇》《走过》《思绪》《说话》。那么，在我看来，《一个人的纸屋》就是由心出发、用"心"演奏出的令人荡气回肠的真情"五重奏"。

一

　　中国文学与"心"密切相关，自古而然。《诗·大序》中说，"在心为志，发言为诗"。刘勰在《文心雕龙》中提倡"为情而造文"，不赞同"为文而造情"。及至近现代，散文有"形散而神不散"之说。在我看来，这里说到的"神"，指的是主题，更指的是思想感情。而这个思想感情，无疑是源于"心"的。可以说，没有"心"就没有文学，正像没有个体的"意"，哪来文学的"境"？因此，考察王子君散文的最重要特征，也必须由"心"出发。生活是文学的来源，但文学应该成为既反映生活又超越生活的艺术创造。这个创造的过程，需要作家"心"的参与。拥有一颗什么样的心，就会酿造出什么样的果实（作品）。

在王子君自选散文集《一个人的纸屋》中，我读出了作者的自由之心。随着社会的发展进步，追求独立自由的女性越来越多，这也深刻影响了当代女性散文创作的样貌。这种自由不仅仅是生活、经济上的自由，更是精神上的自由；不仅仅是一种生活方式，更是一种精神追求。在第一辑《闯海》中，作者讲述了她在海南创业发展的一幕幕场景。《椰子树的魅影》通过描绘"树干挺拔的椰子树"的形象，写出了一位独立自强、坚忍不拔的女性形象。"我年轻的心仿佛看到自己生活的道路，像海洋一样宽广！"在这篇散文中，作者讲述了自己初闯海南的经历，"自己像椰子树一样，不动摇"的精神品格。在这里，"我"与椰子树的形象融为一体，也让人看到了"一切是那么艰苦，一切又是那么美好"的生活真谛。在这篇散文中，作者的自由之心在鲜活而有力地跳动。自由之心包含着无所畏惧的选择和独立自主的勇敢。从"闯海"到"北漂"，从一位客串过礼仪小姐的上班族，到成为著名作家的艰辛经历，作者还在《纸屋》《爱的灯亮着》《明来花似雪》等文章中描写过。在这些散文中，读者可以深深体会到，自由来自热爱，自由来自坚持，自由也来自勇敢。其实，我一直认为，文学既应该书写独一无二的自己，也应该书写自己所处的时代，把文学的"主体性"与"人民性"完美结合，就一定能够成为一位优秀的作家。在《一个人的纸屋》中，我们既看到一位追求独立自由的女性形象，也感知到了这样一个尊重女性、成就梦想的时代。

二

在《一个人的纸屋》中，我读出了作者的博爱之心。由心出发的散文，必然会让人读到爱。这种爱有对亲人的爱，也有对朋友的爱。在《亲爱的父亲》一文中，作者写到了父亲的平凡、隐忍，也写到了父亲的温厚、谦和与善良，还写到了对父亲最终的理解。"在那个万物复荣的春天，我父亲的精神静静地契入他疼爱的女儿的灵魂""我唯一庆幸的是，我向父亲表达了我的爱，我让他明白了他的爱对我的生命的意义。"这些句子是发自内心的爱的流淌。仅仅写出爱的情感是不够的——一个优秀的散文作家，应该懂得区分什么是自然情感，什么是艺术情感。自然情感就是现实中的、原汁原味的个人情感，而艺术情感则是散文作家对个人情感的艺术化再造。这种情感无疑更具有艺术感染力，也更能够打动人心。

一个成熟的散文作家对艺术情感的再造，是通过细节的描写实现的。《我与母亲不"相生"》一文中，作者熟练运用"反常意构思法"，从习惯思维的反向出发，突破思维定式。本来母女之间应该是亲密无间的，作者却说与母亲不"相生"，因为彼此的观点不同，造成了亲情的矛盾与冲突。特别是母亲对"我"初恋情感的干预，更加深了这种矛盾。"我"义无反顾地远离家乡后，"母亲的信一封一封地来，问及海南的一切，责怪我的信写的不详，又不厌其烦地教导我安心工作，注意身体，改掉坏脾气。我每每将信一揉，扔在床上，'哼'一声。然后呆坐一会儿，又猛地将信抓起，展开，抹平，一遍遍地读，直读得珠泪横流……"这样的细节描写，写出了母女之情，也让这种情与爱有了艺术的力量。从自然情感升华为艺术情感，使情感有了审美的意义，自然也能够引起人的共鸣。

爱是博大的。在《有些灵魂会重逢》《"老舍先生和你在一起"》《傅惟慈的崀山游玩梦》等作品中，作者也写下了不少与文坛挚友交往的故事。在这些散文作品中，作者给我们带来的最大感受就是真诚。无论与谁交往，都会捧出一颗心来。在《纸屋》中，"经过台风洗礼的纸屋已很残破，但仍然可以让人感觉出它正弥漫温情"。《"老舍先生和你在一起"》讲述了朋友大魏对老舍先生的喜爱，还有"我"对大魏的帮助——请舒乙先生（老舍之子）在老舍先生的画像上题写一行文字。《一张纸的美》讲的是作者与香港作家东瑞伉俪的交往，更讲的是一个节俭的故事。在这个故事的背后，其实也是作家们的真诚。读《一个人的纸屋》，我越来越深切地感受到，散文需要真情实感——但这种情感不是原生态的情感，而是有具体意象载体的、体现出审美价值的、表现出艺术技巧的情感。这种艺术化的情感，其实就是散文的"神"。

三

在《一个人的纸屋》中，我读出了作者的自然之心。在这里，我说的自然之心指的是作者热爱生活、热爱美、热爱大自然的美好心灵。俄罗斯作家、文艺批评家车尔尼雪夫斯基提出"美是生活"。他认为，"任何事物，凡是我们在那里面看得见、依照我们的理解应当如此的生活，那就是美的；任何东西，凡是显示出生活或使我们想起生活的，那就是美的"。散文集《一个人的纸屋》中的第三辑《走过》，记载的都是作家寄情山水、享受自然、追寻美好的历程。我十分喜爱《广安门的春天来了》这篇散文。这篇舒缓优美、富有韵律感的散文，在散文的"达意"方面，成功地运用了"点睛传神法"。"点睛传神法"的关键是寻找到并写出散文的"文眼"。这个"文眼"应该是最富有表现力、最具魅力的妙言警句。这样的"文眼",可以出现在文首,可以出现在文中,也可以出现在文末。总之,要贴切自然,具有哲理,让人过目不忘。文章从"春天来了吗?"的疑问开头,写到了广安门滨河公园的冒出青绿的草地、开出鹅黄叶芽的树木,再写到河岸边迎风绽放的迎春花、海棠花。紧接着,作者的笔触向着公园深处延伸———一座青铜制的纪念碑出现了。这座"北京建都纪念阙"把作者从风景之中带到了历史深处:"历史、现在和未来,宛如一条河流,有源头、流域、方向,虽千曲百折,却不可断裂。""原来,风景的深处,就是千百年来的民族文化沉积。"由此,作者联想到,"原来,春天是开始,历史却不是结束"。在接近文尾处,作者先铺垫性地描述,"广安门这一隅春天,也只是京都春天的一个缩影",紧接着,匠心独具地打磨出的"文眼"出现了:"我放开想象,透过这曾经荣为古老王城入口的城阙广安门,春风由此渡进城去,春水由此流淌进城去,春花蔓延着绽放进城去,那么这也是春的入口,春就进城了,北京城的春天也就来了"。多么美好哇!这里是"春天的入口",春从这里进入,"北京城的春天也就来了"。这个"点睛"之笔,不仅点出了散文的主题,更集中表达了作者对明媚春天、对美好生活的向往。同时,由于这个金句,让广安门的春天更加生动传神,使这篇散文也更加圆润,富有文采,意蕴深远。

作家的自然之心是细腻的。在北京奥林匹克森林公园的北园,她可以听到"叶子落在地面的声音,那是它们在枯萎中绽放生命";在家乡的舜皇山上,作者观察到"溪水细小得和这宽阔的溪体不相匹配,也和岸边茂盛的树木极不和谐"。后来经过探寻得知,这里建了水电站,"因为要蓄水,溪流的水被拦截了"。后面,作者又欣慰地写道,很快"舜皇山所有的小水电站都要拆除了,森林生态会全面恢复。你们明年春天再来,就能看到非常漂亮的原始溪流风光了"。正是因为有了这些细腻的观察,作家将日常生活的体验升华为一篇篇优美的散文,并使她的作品具有了一种敏锐的思想锋芒。

　　作家的自然之心也是丰盈的。赴俄罗斯的一次文学交流活动，让她写出了一篇长篇散文《符拉迪沃斯托克春天的四个维度》。在这四个维度里，有北纬 43 度春天的自然风景之美，有作家们关于自然文学和谐交流的人文之美，有俄罗斯儿童培养机构中"孩子们按捺不住的求知欲和渴望沟通的眼神"所反映出的童心之美，还有中俄两国人民之间交流交往的情谊之美。一位优秀的散文作家，内心必须是丰盈的。散文作家的"心灵张力"，决定着作品的"情感张力"。能够把看似互不相干的素材，像彩线串珠一样连接在一起，使之成为一个有机的整体，成为一串文字的珍珠，需要散文作家的艺术功力。正是因为作家丰盈的心灵、广博的知识、高超的技巧，才会使得文章内容杂而不乱，并且题旨分明、文脉贯通、层次清晰，让人读起来欲罢不能。

四

　　在《一个人的纸屋》中，我读出了作者的包容之心。关于散文的功能作用，最普遍的观点是具有抒情作用。当然，也有人说具有丰富知识、开阔眼界的作用，还有人说具有培养高尚的道德情操的作用。我高度赞同散文具有塑造心灵的功能。我一直认为，汉语的现代散文有三个比较重要的源头。第一个源头，是以《史记》等为代表的古代历史典籍，它们塑造和影响了中国散文"记事""言志"的功能；第二个源头，是以儒释道为代表的宗教，它们塑造和影响了中国散文"寄情""达意"的功能；第三个源头，是翻译过来的外国散文，它们让中国散文具有了更为开阔的视域、更为丰富的题材和更为现代的表现技巧。其实，这三个源头都不否认散文对于人的心灵的抚慰与影响作用。从与人的关系上来说，散文与人的日常生活是最接近的，也是在表达形式上最接近生活本真的。有人说诗歌是跳跃，小说是跑步，散文则是散步——其实说的也是这个意思。

读《一个人的纸屋》，我难忘的，是作者人生态度对我的启示及影响。在《红凉鞋》一文中，作者并没有因为外甥女年纪小而轻易否定她的意见，而是认真地顾及到她的感受，并且从中发现了生活的哲理。"我"买下了和自己年龄不相称的红色凉鞋，还写道，"你的姨妈，将不再是个穿红鞋的舞者，在青春的舞台上旋转。她的精神已张开了翅膀——我可能会变成一只飞鸟了，天空才是最自由，最适于心灵翱翔的"！

散文是博大的，是庞杂的，是世俗的。因此它需要驾驭者——散文作家具有一颗包容之心。我很喜欢这本书中的第四辑《思绪》，因为在这一辑的散文中，很多都能体现出作者的包容之心与对人间美德的提倡与思考。《美德散发的香气》一文，写的是人们经常遇到的问路与指路的场景，在一个个温馨的小故事之后，作者说，"一切的美德都是值得述说的""有美德就有慈爱，有慈爱就有丰丰满满的生命"。《没有爱情》一文，是一个深刻的生活感悟。作者指出，因为种种世俗的偏见与约束，"我们已没有了爱情，这令我们伤心不已""我们为婚姻而担负着责任，我们为前途而继续着事业，我们为繁衍而积蓄着金钱"……凡此种种，引起了作者的反思。实际上，这也是对一种没有世俗与物质影响的纯真爱情的热切呼唤。《谁在春天的奥森歌唱》一文，描写了一位春天的歌者——"红衣先生"，拍摄春天美景短视频的场景。在这个场景里，展现出的是陌生人之间的相互信任，让作者"感觉人世的辽阔，感觉人间的春天也显出别样的温暖"。

《奥森飞进"渡渡鸟"》是一个富于哲理的故事。在北京奥林匹克森林公园中，作者发现了一个学生及学生家长参加的一个行走活动——"渡渡鸟移动的村庄"。"渡渡鸟"是产于印度洋小岛上的一种不会飞的鸟，灭绝之后，人们发现有一种叫大颅榄的树也灭绝了。科学家经研究发现，大颅榄树的种子需要被"渡渡鸟"吞噬，在腹中消化研磨后排泄出来，才能够生根发芽，继续生长。家长们正是根据这个故事的启发，推行倡导"妈妈心"——不只是母亲对孩子的爱心，更是承担、接纳、包容之心。他们在行走中学习知识，"消化"之后再传给自己的孩子，让生命与生命连接。文章的最后，作者写道，"我希望每一次来，都能在森林里看见渡渡鸟——孵化生命种子的渡渡鸟；也能看见雨燕，和一批批像小鸟、像雨燕一样自由鸣唱飞翔的孩子"。

五

"纸屋"这个意象是有象征意义的。象征着什么呢？因为没有作者本人的阐述，我们不得而知。但《一个人的纸屋》这本散文集，正是因为从心出发，写出了艺术化的真实情感、时代化的个人成长、审美化的心灵感悟、女性化的细腻抒情，使得它成为近年来一部值得关注的散文作品。

一般而言，"五重奏"由两把小提琴、两把中提琴和一把大提琴（或一把中提琴和两把大提琴）来完成，融汇在一起在室内演奏。在这部《一个人的纸屋》中，五个不同的部分，正如不同的提琴乐器，在纸上演奏出了一曲曲由"心"出发的真情乐章。

对于人类而言，真情是永存的。所以，文学也是永存的。